パク・サンヨン
オ・ヨンア＝訳

Love in
a Big City
Park Sang-young

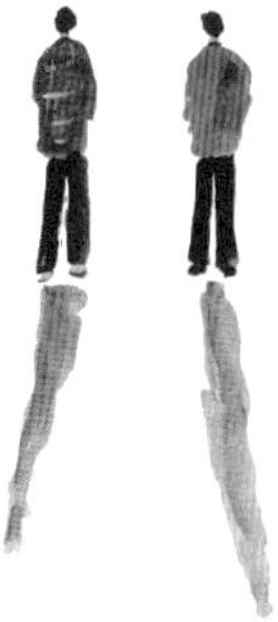

大都会の愛し方

亜紀書房

もくじ

대도시의 사랑법

This book is published under the support of Literature
Translation Institute of Korea (LTI Korea).

装丁　鳴田小夜子（坂川事務所）
装画　ヒラノトシユキ

ジェヒ

1

ホテルの三階にあるエメラルドホールに入った。招待客は四百人って言ってたっけ？　体感ではそれよりもずっと多そうだった。俺は壇上に近い指定席に座ってテーブルを見渡した。仏文科の同期たちがそれなりの速度で老けた顔をして座っていた。それにしてもいったい何人ぐらいになるんだ？　ジェヒが今までサークルの飲み会やら学科のホームカミングデーみたいなのに呼ばれるたびに、ぶつぶつ言いながらも顔を出していた成果がこれってわけか。いざというときのジェヒの人脈づくりの根回しは気持ち悪いくらいだった。俺は短くて五年、長くて十年ぶりに会う同期たちと挨拶らしきものを交わした。「お前、作家になったんだって？　おめでとう」「たまには連絡しようぜ、お互いに」「みんなお前が死んだって噂してたけど、ぴんしゃんしてんな」「お前の小説どこで買える？　ネットじゃ見つからなかったけど」「小説書くのも楽な仕事じゃないみたいね、そんなに太って」「相変わらず飲みまくってるのか……？」

俺の本はもうじき出る予定で、酒量はかなり減った。年取って太ったのはお前たちも似たりよったりだろ、なんで俺にだけそういうこと言うかな。なんなら往年の酒癖披露してやろうか？と言ってやりたいところを三十代の社会人らしくスマートに、適当に笑って受け流した。誰かに俺の小説を読んだと言われたら、全部作り話だって言わないとな。聞かれてもいない質問の答えを無駄に準備している自分が笑えた。自意識過剰も病気というなら俺は立派な病気だった。

──まもなく式が始まりますので、皆様お席にお座りになってお待ちください。

結婚式の司会を担当した男はジェヒの夫になる人の友人だそうだ。あごがとがってて、肌はてかてか、まったくもって俺のタイプじゃなかったし、慶尚道《キョンサンド》訛りがひどくて司会進行も今一つだった。テレビ局の記者って言ってたっけ？　俺のほうが全然ましじゃん。ったく、司会は新郎の友人じゃないとだめとかってかなりくだらない。わけもなく腹立たしい。

壇上の真横の巨大スクリーンにジェヒと新郎の写真が映し出された。携帯で撮った画質の悪い二人の写真を見ながら、俺は赤ワインをあおった。最近、企業銀行に転職したというチョルグが、俺の脇腹をつつきながら訊いてきた。

──で、ほんとのところどうなの。お前とジェヒって。噂はほんとなのか？

噂はほんとだけど、ジェヒに言い寄っといて、けんもほろろに断られたお前に言われたかないわ、チョルグ。

＊

二十歳の夏、ジェヒと俺は急速に親しくなった。

酒をおごってくれるならなんだって言われたとおりにする酒癖のあった当時の俺は、その日も相変わらず年齢不詳の男と梨泰院《イテウォン》のハミルトンホテルの駐車場でキスをしていた。たぶん、ホテルの地下にあるクラブでテキーラを六杯ほどごちそうになっていたはずだ。月明かりに街灯と世界中のネオンサインが俺を照らしてるみたいで、耳からはずっとカイリー・ミノーグのテクノナンバーが流れてきていた。相手は誰でもよかった。ただ、俺があの暗い都会の道端で誰かと一緒に存在していることが重要だったし、だからこそ、知りもしない誰かと全力で舌をからめた。この世のすべてが俺のために熱く煮えたぎっているみたいに感じられたころ、誰かが俺の背中を思いきり叩いた。泥酔状態でも、これって絶対ホモフォビアだろ、とドラマクイーンらしい想像をしながら重ね合わせていた唇を離してがばっと振り返った。なんなら喧嘩も辞さないつもりで握りこぶしに力を入れていたのだが、目の前に立っていたのはジェヒだった。いつものようにフィルターに赤い口紅のついたマルボロ・レッドを手にしたまま。一気に酔いが醒める気がした。ジェヒは驚いた顔の俺を見ながら息つぎも忘れて笑っていた。それからいつもの大きな声で叫んだ。

――いっそのこと食べたら?

俺も思わず、知るかよ、と言いながら大笑いして、その間に俺とキスしていた男はどこに行ったのか、しまいにゃそれが誰だったのかすら今となっては思い出せない。でもジェヒとの駐車場での会話はだいたい覚えている。

――学校の奴らには黙っててくれるだろ?

――当たり前じゃん。あたしは金はなくとも義理はある。

――でも驚かなかった? 俺が男と……

――全然。

――いつからわかってた?

――最初に会った瞬間から。

たしかこんな陳腐な会話。

あのときはまだジェヒについてよく知らなかったものの、いつもショートパンツ姿で授業が終わると一目散に建物の外に出てたばこを吸ってる子ぐらいには記憶していた。告白するなら、ほんとは大学でのジェヒの評判は最悪に近かった。

名実ともに学科ではアウトサイダーの俺も、何もはじめっからそうだったわけじゃなく、平均よりも体格がいい男という理由で、男の先輩たちの一人暮らしの部屋での集まりに呼ばれていたものだった。彼らの定番コースは、だいたいビリヤードやゲームをして一次会を終えると、大学前の食堂で化学調味料たっぷりのつまみと一緒に焼酎をがぶのみし、どこも似たり寄ったりのワンルームのうち一番片づいてそうな先輩の部屋に遊びにいき、女子の話をして、いびきをかきながら寝るのがせいぜいだった。なんでもないただの二十歳やそこらの男たちが何者かにでもなったように、どれだけすごいセックスをしたか、誰をどれくらい満足させられたか、学部の女子たちの中で軽いのは誰か、こと細かにしゃべっていたが、ジェヒはその常連素材のうちの一人だった。半分は作り話だとわかりきってるその手の類いの話を大学に来てまで聞かせられるとはな、と思い、いつだったか酔った勢いで「おいおい、ちんぽ野郎ども、ほらを吹くのもたいがいにしろよ」と叫んで飲みの席のテーブルをひっくり返したら、それ以来ぱたりとお呼びがかからなくなった。もともと集団の属性というのはおかしなもので、かつてその集団に属していた人がそこから飛び出すと、次はその人が一番おいしい餌食になるものだ。女の子の品定めに飽きた彼らは、今度は俺を酒の肴にして、どっから見てもゲイみたいだとか、梨泰院のどこどこで何をして遊んでいるだとか、うぶな二十歳のお子ちゃまたちが好みそうな噂を言いふらし、その半分ぐらいは当たっていた（現実はいつだって想像を超えているものだった）。一学期も過ぎないうちに学科で俺のことを知らない人はほとんどいないくらいになると、俺の耳にもその噂が入ってきたし、すっかりネタになってしまっていた。ここで友達を作るのは難しいだろうな、でも奴らはどうせ酒も飲めないうえに面白くもないしと自嘲気味に自分を正当化し、落ちこまないようにしていたころ、俺の人生にジェヒという存在が現れたのだった。

　思いがけずジェヒと秘密を共有することになった俺は、それからは彼女とあれこれ男の話をする仲になったが、ほんとはジェヒも俺もそういう話をできる相手がほかにいなかったせいで、互いの存在が貴重だった。

　ジェヒも俺も貞操観念が希薄で、いや、希薄どころかむしろほとんどないほうで、そっちの方面ではそれぞれ名が知られているという共通点があった。ジェヒは百六十七センチに五十一キロ、俺は百七十七センチに七十八キロで、二人とも平均よりも背が少し高いぐらいで、顔は整っているとはいえないものの、だからといって超ブサイクというわけではなく、つれて歩ける程度ではあった（俺が小説で新人賞を取ったときに審査評で一番よく出てきたのが「客観的な自己判断能力」だった）。世界は金のない、尻軽な二十歳の肉体を存分に利用する準備ができていた。だから俺たちはこれといった苦労もせずに男となら誰とでも酒を飲み、朝になれば二人のうちのどちらかのワンルームでむくみまくった顔にシートマスクをのせて、前の晩知り合った男たちについての情報を共有したものだった。

　――アウトドアウェアのメーカーに勤めてるらしい。あそこは小さかったけど愛撫はなかなかだったから五十点かな。

　――延世《ヨンセ》大の統計学科出たらしいけどたぶん嘘。べちゃっとした顔でさ、しゃべるとおつむからっぽなのが丸見えでウケた。

――動画を撮ろうとしたからスマホ投げつけてやった。自分しか見ないとか言ってたけど、おととい来やがれっての。

こんなふうに思いきり男たちの陰口をたたいているうちにいつのまにか目を閉じていて、乾ききったシートマスクを顔にくっつけたまま並んで眠ってしまうこともしょっちゅうだった。だいたいは朝に強い俺のほうが先に起きて、布団を頭までかぶっているジェヒをそっとしておいたままインスタントの干しだらのスープやラーメンなんかを作り、匂いで起きてきたジェヒと一緒に、熟成キムチに冷ごはんをスープやラーメンに混ぜて食べたものだった。そのうちにジェヒの部屋には俺のヘアワックスやジレットの髭剃りが、俺の部屋にはジェヒのアイブローペンシルやM・A・Cのコンパクトが置かれるようになった。俺は一人のときにジェヒのペンシルで眉毛の隙間を埋めてみたり、コンパクトのパフを取り出して無駄に頰や額をパタパタしてみたりしていたが、ジェヒはこのことは知らない。そのたびにジェヒも俺のかみそりで脚や脇の毛なんかを剃ってるかもしれないと思った。

ジェヒが親と縁を切ったのは二十一歳の春だった。俺たちはどちらも親と仲がいいわけじゃなかったが、だからと言って、どちらの親もすごい悪人とかそういうんじゃなかったし、平凡な中産階級の保守的な親に過ぎなかった。おおかたの親と同じように、我が子には堅苦しい常識を教え込んでおきながら自分は陰では平気で浮気したり、宗教や株、マルチ商法みたいなのにのめりこんでいる類いの人たちだった。俺の場合、親を嫌ってるくせして、もらえるものはもらっておこうというずる賢さはあって（だからどんどん人相悪くなってるのか？）。適度に顔色をうかがいながら母さんから毎月数十万ウォンずつ小遣いをもらっていたが、ジェヒは親と大喧嘩してからというもの連絡も絶って、援助も断ってしまった。さすが、竹を割ったようなところのある女だった。

ジェヒが初めて見つけた仕事先は、近所のカフェ〈デスティネ〉だった。看板に〈運命〉と大げさな意味のフランス語が書いてあったからじゃなく、近所で喫煙できる数少ないカフェだったから一目で気に入ったのだという。たばこをぷかぷかふかしながらコーヒーを淹れるジェヒの姿には、二十代序盤らしい屈託のないかわいらしさがあった。俺は新しく気になる人ができるたびに彼らをデスティネにつれていき、ジェヒから一種の検査（？）を受け、ジェヒは毎回、どこでこんなセックスにしか目のない、性格の悪そうな奴ばっかり選んでくるのかと評した。過ぎてみるとどれもそのとおりだった。

ジェヒは昼間はデスティネの店員、夜は家庭教師をしながら、夜な夜な深夜になると酒を飲みまくった。それでいて大学の授業にも出て成績もまずまずで、とにかく何をしても平均以上をキープするジェヒは、なんでも器用にやるのに、まともな男を選ぶことと最低最悪の男にタイミングよく別れを告げるのだけは、天性といってもいいくらい才能がなかった。だから代わりに俺がジェヒの男たちに断りや別れの携帯メールを送ったりしていた。俺は俺でそっちの方面においては玄人レベルだったが、俺が男たちから振られたり、よく言われたことをそのまま返せばいいだけだったから、難しいことは何もなかった。当時、俺は自分のことを冷麺屋の出入り口のマットぐらいに思っていた。靴底についた土をざざっとはらったら終わりの、そういう存在（客観的な自己判断能力！）。

Brown Eyed Girlsの〈アブラカダブラ〉が全国に旋風を巻き起こしたころ、俺は入隊令状を受け取った。「大好きな兄貴へ」で始まる恋人からの手紙のせいでゲイであることがばれて軍隊で死ぬほど苦労した人の話を聞いていたから、訓練所に入る前に、俺は当時つき合っていたKにジェヒの名前で手紙を書くように言っておいた。ジェヒはこういうとき格好の隠れ蓑《みの》になってくれた。Kだけじゃなく、ジェヒにも毎日おもしろい話を書いて送るよう命令するにはしたが、面倒なことが大嫌いなジェヒの性格を知っているだけに、さほど期待はしなかった。

二週間の訓練が終わり初めて届いた手紙を受け取ったとき、俺は心底驚いた。入隊前は肝臓だろうと胆のうだろうと何でも差し出す勢いだったKが二週間でたった一通の手紙しか送ってこなかったのとは裏腹に（それすらも便箋一枚にならない分量だった）、思いもよらずジェヒが十二通も手紙をよこしていたからだった。はじめのころは不真面目な自分の日常（昨日は居酒屋で飲んでてテーブルをひっくり返しちゃってさ……）や大学の友人たちの悪口みたいなのを殴り書きしていたかと思ったら（チョルグ、あのいかれポンチが寝ようとか言ってきたんだけど、陰であたしの悪口言いふらしてるの知ってるっての。顔も性格もえげつないゲス野郎……）、日が経つにつれて俺たちが一緒にいたころのエピソードだとか、俺に会いたいみたいな内容があふれ出した。しまいには最後の手紙に「失って初めてわかる貴さもある。あんたのこと」と、どこでパクってきたのかわけわかんないことまで書いてあって、こいつ酔って書いたなとわかっていながらも、ちょっと感動してしまったりした。だから補給用便箋に「世界で一番ぶさいくなジェヒへ」で始まる返事を気合いを入れまくって書いたりもした。

俺がいよいよ自隊に配置されたころ、ジェヒは親とまた連絡をとり始め、彼らの援助でオーストラリアに交換留学に行くことになったと伝えてきた。それから、Kの様子があやしいから、覚悟して問いただしたほうがいいとアドバイスしてくれた（彼女の勘が正確だとわかるのにはそれほど時間はかからなかった）。思いもよらない病気で除隊するまでの半年の服務期間の間、ジェヒは軍隊で俺の公然の恋人だった。

追い返されるようにしてまた社会に出戻ったとき、ジェヒはすでにオーストラリアに行っていた。それは復学するまでの半年ほどの長い時間を、ジェヒなしでしのがなければならないという意味だった。特にやりたいことも会いたい人もいなかった俺は、ベッドから出ずに、食べては寝る生活を続けた。母さんはそんな俺のだらけた性格をそれはもう不甲斐なく思っていたし、彼女の小言にうんざりした俺は、結局季節が変わる前に大学の前の小さなワンルームで一人暮らしを始めた。

＊

年が明け、ジェヒと俺は仁川《インチョン》空港で再会した。彼女は入国ゲートに立っている俺を見つけるとスーツケースを放りだして飛んできてハグをした。彼女の髪の毛からただようたばこの匂いをかぎながら俺は、これでやっと一緒にいられるんだって実感した。

ジェヒは、韓国に戻ってくるとすぐに、大学の正門前に十坪のワンルームを借りて英会話スクールに登録しTOEICの点数をゲットした。復学してからは副専攻に経済学をとったり、マーケティングのサークルに入ってケーススタディをしたり、それなりに就職活動を始めていた。ジェヒのそんな堅実な姿はなんだかまるで他人みたいだったけれど、週に七回飲みにいくのを見ると、いやいや、やっぱり俺の知ってるジェヒなのだった。

新しい部屋に引っ越してしばらくもしないうちに、ジェヒが妙なことを言い出した。夜の十時になるとある男が家の前に来てジェヒの家のほうをじっと見つめているというのだ。

——賃貸物件が少なくなってるから、不動産屋が見にきてんじゃないの？

適当に答えはしたが、なんとなく引っかかっていた。下着姿で髪の毛を乾かしていたときに自分をじっと見ている男と目が合ったこともあるという。二階建ての低い建物で、その気になればいくらでもベランダから入ってこられそうだとも言った。どうしても不安なら、見てくれだけは一応男の俺が何日かジェヒの家で同棲しているふりをしてやると言うと、ジェヒは不安なわけじゃないけど、どうせ夜は暇にしてるから何日か遊んでいったらと言った。

俺はまるでサークルの合宿にでも行くみたいに、下着やパジャマ代わりの短パンやタンクトップをつめこんでジェヒの家に向かった。俺たちはカレーを作って食べ、くだらない恋愛相談なんかをしてるバラエティ番組を観ながら出演者のへたれぶりをつっこんだ。俺はベッドに寝転がってスマホをいじっていて、ジェヒはシャワーをして出てきた。髪の毛を乾かしているときカーテン越しに人影のようなものがちらついた。俺は何の気なしに見ていたのだが、ジェヒがベランダに近づいてカーテンをがばっと開けた。薪みたいに痩せた男がクーラーの室外機の隣にしゃがみこんでいるのが見えた。お、ほんとだ、と思った瞬間、ジェヒがさっとすばやく窓を開けて、呆然としてる男の顔を蹴っ飛ばした。男はのけぞった。彼がうめきながら顔を上げると、鼻や口から血が流れていた。ジェヒは教育熱の高いエリアで育ち、幼稚園からピアノやテコンドーを習ってきたし、小学五年のときにテコンドー二段を取っていた。早期教育の力は偉大だった。俺はふらふらになっている男を捕まえて、ジェヒに警察と救急車を両方呼べと言った。笑い出しそうになるのを必死でこらえた。

四日後、俺はスーツケース一つに荷物をすべてまとめて、ジェヒの家に引っ越した。

なにもこれといった合意はいらなかった。家賃月三十万ウォンに公共料金を折半する条件だった。すでに俺のかなりの持ち物がジェヒの家に置いてあったたし、十坪のワンルームは二人で暮らしても負担にならない程度のサイズだったし、二十代半ばになっても落ち着いた恋愛一つできないでいた俺たちにとって、互いの存在はいつしか地球上で一番身近な気の置けない存在になっていた。

ジェヒはえごまの葉を甘めに上手に漬けて、俺はピリ辛のボンゴレパスタのとっておきレシピがあった。俺は水垢がつかないよう皿洗いもしっかりしたし、ジェヒは排水溝の髪の毛をさっと手早く片づけた。いつだったたか、俺が冷凍ブルーベリーをうまそうに食べていたのを見てからというもの、ジェヒはスーパーに行くたびにお徳用サイズの米国産冷凍ブルーベリーを買ってきて冷凍庫に入れておいた。俺はお返しみたいにジェヒが好きなマルボロ・レッドを買って、冷凍庫のブルーベリーの隣に置いておいた。ジェヒは、新しいたばこを取り出して吸うたびに、唇が冷たくて気持ちいいと言った。

2

ジェヒが結婚すると言ったとき、俺がまず最初に口にした言葉は、できちゃったのか？　だった。ジェヒは、なんでみんな揃いも揃って完璧に同じセリフを言うのかとげらげら笑った。驚いたことに、妊娠どころかその足元にすら行っておらず、なんとなくそういうことになったと言うのだった。なんとなくそういうことになったと話すジェヒの表情を見ると、今回は本物らしいと思った。

ジェヒが結婚するって？

実感がわかなかった。いっそのこと、俺が女と結婚するほうがずっと現実味がありそうだった。だって、ジェヒは安定や定着からは程遠い女だったから。

*

二十代半ばにさしかかったジェヒは、オリンピックか何かにでも出るのかぐらいの勢いで手あたり次第に酒を飲んで誰とでもつき合った。俺も負けず嫌いの性格ときてるから、いや、ほんとは単にそうしたくて、連日のように酒に酔って新たに知り合った男と寝た。この世はさみしい人たちであふれているんだということを、毎朝、鍾路《チョンノ》のモーテル街で寝ぐせのついた頭を掻きながら感じたものだった。そうやって出会った男たちの中には、酒を飲んでセックスをする以上の仲になりたがるのもいた。嫌だと言ってもしつこくデートしようだとか、家まで行くとうるさいので、ルームメイトがいるからだめだと言い訳をした。

——ルームメイト？

お互いのパートナーにルームメイトをどう説明すればいいか悩んだあげく、俺はジェヒを大学同期のジェホと、ジェヒは俺のことを同郷の友人ジウンと紹介することに決めた。俺たちはそれぞれの世界でジェホとジウンになったまま、互いにとってけっこう使い勝手のいい言い訳になってやった。

例えば、ジェヒの（一時的）彼氏からこんな携帯メールが来る。

ジェヒ。昨日の夜なんで電話に出なかったんだよ？　携帯メールもスルーだし。

大変だったの。真夜中にジウンが具合悪くなっちゃって。救急に行ってきたところ。（ジウンはいびきをかいて寝ていたし、ジェヒは大学の男友達と刺身屋で焼酎を五本空けていた）
兄貴、週末会えます？
悪い。ジェホと漢江《ハンガン》でビール飲むことになってて。（ジェホは男と遊ぶのに忙しいだろうし、俺もお前じゃなくて別の子とセックスでもしてこようかなって思ってるとこ）
言うなれば、まあこんな感じ。
ジェヒの五人めだったか六人めだったかの男は、短大でボイラー設備学を専攻して中退し、生まれてこのかた見たことも聞いたこともないクラブを転々としながらＤＪをしている遊び人だった。実を言うと、俺の八人めだったか九人めの男も梨泰院でＤＪをしていた子だった。それにしたって、いったいこの世にはなんでＤＪがこんなにたくさんいるんだ？　協会かなんかで資格証でも発行したほうがいいんじゃないかと思うくらいだった。でも俺がつき合ってた子はペニスもでかくてタトゥーもいっぱいでセックスのときにいい曲かけてくれて、つか、まあ適度にばかなのもよかったし、だから他人がしてることは俺たちもみなやってみて、それなりに楽しくつき合ってたはずだったんだけど、つき合って二か月で、兄貴のことは好きだけど兄貴の酒癖（道端で歌ってキスして悪態ついて騒いでおいて、しまいには必ず泣きながら終わる）だけはとてもじゃないけど受け入れられないと別れを告げてきて、それからというもの、俺はＤＪ全般に妙なライバル意識を抱くようになっていた。俺の複雑な胸の内を知るはずもないジェヒは、つき合い始めたばかりの人にありがちな浮かれて生き生きした顔で彼氏の話をした。

――髪の毛が長くてネイティブ・アメリカンみたいに編んでるんだけど、アナと雪の女王ですかみたいな。やってるときすごい笑える。

写真を見せてもらったが、ちっとも笑えなかったし、冷たい目つきがなんとも性悪で根に持つタイプに見えた。男は必死にジウンさん（つまり、俺）をクラブにつれてこい、一度会ってみたいと言っていたが、ジェヒはそのたびにきっぱり断った。

――かなりの恥ずかしがり屋だし。

恥ずかしがり屋のジウンは実は盗み見るのが好きで、ジェヒと男がデートしているカフェの隣のテーブルに座って二人の会話をこっそり聞いたり、ちらちら男の様子をチェックしたりした。ところが、話すのを聞いても、表情を見ても、どこをどう見ても、今度の男はどうにも嫌な予感がした。

――お前さ、どうしてあいつとつき合ってんの？

――どうしてだろ。やさしいから？

――たいしたことないのにペニスがでかいからつき合ってんだろ？

ジェヒはイエスの啓示を受けたモーゼのような表情で、どうしてわかったのかと聞いてきて、俺は思いきりすました口調で言った。

――俺の霊感。

ジウンに言わせれば、その男は生殖器が大きいだけで、人生には何一つ役に立たなそうな人相をしているからすぐにでも整理したほうが身のためだろう、とのことだが、ジェヒはこれからは誰とつき合うにせよ、俺にまずチェックしてもらうのだと言い、狂信徒のような表情で俺の手を握った。俺はうなずきながら哀れなジェヒの魂を抱きしめた。

不幸にも、俺の霊感ははずれることがなかった。

ある日、授業を終えて家に帰ってきたらジェヒが真っ青な顔をしていた。彼女の手に握られていたのは妊娠検査薬のテスターだった。俺はカバンを下ろさずに、ジェヒが手にしていたテスターの二本線を確認した。ぽかんと口が開いた。

――お前さ、頼むからこういうのは一つずつにしてくれよ。

――あたし終わったよね？

――終わりってわけじゃない。出かける用意しろ。病院行くぞ。

――うん、病院行けば済む話なのはわかってるんだけど、問題が一つある。

――なんだよ。

――一銭もないの。すっからかん。

――子どもは一人で作ったのかよ？　男に出させろよ。

――それがもっとやばい問題。

――だから何がだよ。小出しにしないでちゃんと説明しろよ。

——誰に出させればいいかわからないっていうさ。

事情を聞くと、ジェヒが最近ガチでつき合ってたDJだという野郎は、セックスがよかっただけで性格はろくでなしもいいとこで、酒癖もクソみたいな男で、アーティストってのはそういうもんぐらいに錯覚してるようなバカで、さっさと捨てるつもりでいた。そのころ、ちょうどバイト先の子に同い年の美大生を紹介してもらって会ってみると、大学はずいぶん前に中退していて、今はタトゥーの彫師をやってるという人だった。ジェヒが彼を紹介してもらった日、ちょうど俺は外泊していてジェヒは仕方なく（?）男を家につれ込んではりきってセックスしたのだそうだ。コンドームなしで。人間てのは、何事も始めるのが難しいだけで一度扉を開けたら最後、なんだってやりやすくなるものだが、ジェヒはその後も安全じゃないセックスを何回かすることとなった。二人の男と。

——セックスはDJのほうがよくて、見た目は彫師のほうがよかったからちょっと悩んだんだよね。

今のような情報社会じゃ、世間の人は悩みがあっても短時間で、スピーディーに片づけてるっていうのに、ジェヒはなんと三か月も二人の男と交互に会いながら深い苦悩に陥っていたのだった。あと二回悩んだら孤児院ぐらい建つんじゃね？　と言うと聞こえないふりをした。するとと突然携帯を差し出してきた。彫師の顔だという。ジェヒが見せてくれた男は、DJとかいう奴とは髪の長さが違うだけで、驚くほど印象が似ていて、だしにすら使えなそうな干からびた煮干しみたいだった。

――二人とも似たような顔してるから、とりあえず産んでからどっちか選んで父親だって言ってもわからなそうだけど？

ジェヒは俺のたわごとに笑うことすらできないくらい落ち込んでるみたいだった。彼女らしくなく、お酒減らすんだった……外で食事するお金もないのに……ママにくれとは言えないし、どうしよう……くよくよしてるそんな姿は見たくなくて、思わずこう言ってしまった。

――わかった。俺が出す。

――ちょっと……いくらなんでも、それはできない。

――誰もやるとは言ってねーだろ？　あとでドル利子つけて返してもらうし。とにかく今は堕ろすのが先だろ。

――本当に？　ほんと？　あんたしかいない。ありがとう。

ジェヒは穿いていたジーンズを脱いでゆったりめのウエストがゴムのスカートに着替えると、メイクをし始めた。見たことのないリップカラーを塗っていたから、それどうしたのかと訊くと、唇をパクパクさせながら、こないだ現代《ヒョンデ》デパートで買ったの、と答えた。思わず、お前さ、この期に及んでディオールのリップとか買ってる場合かよ？　と言ってしまった。尽くしても見返りすら期待できない点においては俺はつくづく群を抜いていた。靴のかかとをつぶして履いているジェヒの背中に向かって言った。

――手術するのはお前なのに、なんで俺が緊張すんだよ。

――たいしたことないって。にきびつぶしてもらうくらいに思っといて。

――一緒にすんな。

厳しく言っておきながらも内心ほっとした。うん、本人が大丈夫って言ってんだから、俺が余計な心配する必要はないよな。いつもなら少しいらっとくるジェヒの（無神経に近い）肝の据わった性格が、こういうときはめちゃくちゃありがたかった。

俺たちは近所の産婦人科に向かった。院長は不親切で施設もさびれてるが、うちの大学の学生には子宮頸がんの予防接種を三十パーセントだか四十パーセントだか割引してくれるから通いはじめたそうだ。そこで手術をしてくれるのかどうかはわからなかった。手術をしてくれるところをネットで調べてからのほうがよくない？　とも言ってみたが、めんどくさいことが大嫌いなジェヒにはかすりもしなかった。まず診察を受けて、手術はできないと言われたら別のところに行けばいいと言った。人生の重要な問題を行き当たりばったりで決めるのにジェヒほどの者もいなかった。

病院はジェヒの言うように古く廃れていた。うちら以外には誰もいなくて、ジェヒは受け付けをすますと、すぐに診療室に入っていった。俺はへたって片側がへこんでいるソファに座った。壁にはあらゆるウイルスの名前とそれによって起きる疾病、そのあらゆる病気を防いでくれるという予防注射の説明が書かれたポスターが貼ってあって、その隣の黒板にはボトックスやヒアルロン酸、除毛レーザーの夏の割引キャンペーンの宣伝コピーが書いてあった。俺はそれらを一つ一つ読みながら、いったいいくらぐらいかければ、見飽きたこの顔も見栄えがよくなるのかと悩みつつ、ジェヒを待った。思ったよりも診療時間は長くかかった。受付の前に座っている若い看護師が大きなあくびをした。まさか今日すぐに手術するわけじゃないよな？　なんでこんなに時間かかんだろ。

テーブルの上に置いてあったすもも味のキャンディを舐めているうちに、数か月前の泌尿器科での風景が思い浮かんだ。二つの病院の雰囲気は違うようでいてどこか似ていた。

最初は小便のたびに尿道がちくっとするような気がしていたのだが、少しするとぎゅっと絞られるような痛みを感じるようになって病院に行った。検査のついでに当時つき合っていた同い年の工学部生をつれて駅から近い泌尿器科へ行った。彼と何度かしていたこともあって、一緒に検査を受けたほうがいいと思ったからだった。俺らしからぬ純な判断だった。

小さい紙コップに尿を入れて検査を受けた結果、深刻な性病ではなく、単に尿道に細菌が入って炎症を起こしているとのことだった。「あそこに細菌が入ることもあるんだ」とつぶやくと、医者は困ったような表情で、女性の性器に逆に大腸菌が入り込んで、それによって尿道が感染することもあるのだと、尋ねてもいない説明をしてくれた。俺も俺で何かがばれてしまったような気になって、顔が少し赤くなったまま診療室のドアを閉めて後にした。注射室に入ってズボンを少し下ろし、相変わらず少し恥ずかしい気分にひたっているとき、パーテーション越しに男の看護師二人が小声でささやいているのが聞こえてきた。

——あいつら見たか？　ぜったいあっちだろ？

——間違いない。ホモだね。

——げっ、クソきもい。

俺も思わず噴き出してしまった。一緒に検査を受けた工学部生はなにも感染していないという所見だった。俺は注射室で聞いたのは冗談で流してやろうとしたのに、工学部生のほうは、そんなたわごとを抜かしてやがる准看野郎どもを今すぐ呼んでこいと、かんかんになって怒った。俺はその姿を見てやっと、これって怒ってしかるべき状況だったんだと遅ればせながら気がつき、怒るべき状況で誰よりも大声で笑うのが俺の癖だってこともついでにわかった。あのときの筋肉注射はけっこう痛かったし、一緒に病院に行った工学部生とはその後何回か会ううちにつまらなくなり、一方的に連絡を絶ってしまった。

終わった恋の思い出に浸っていると、突然診療室のドアのむこうからジェヒのわめき声が聞こえてきた。診療室の中にいた看護師がドアを開けて出てくると、困惑した表情で俺に言った。「一緒に来ていただけませんか」。入ってみると、二人は俺なんかを気にとめる余裕などなさそうだった。中年の医師が怒りに満ちた表情で小さな超音波写真をジェヒの目の前で揺らしていた。

——これが学生生活の結果だ。わかるかね？

——マジうざっ。ありえない。

医師がもっと何かを言いかけた瞬間、ジェヒが突然バッグをつかんで肩にかけた。すると、突如机の上に置いてあった古い子宮模型を取り上げた。なにすんだよ、と思ったその瞬間ジェヒが開けっ放しだった診療室のドアの外に走って出ていった。医師が立ち上がって「おい！返せ！」と声を張り上げた。ジェヒは一瞬で消えてしまい、俺は彼女を追わなかった。ジェヒは中学まで短距離の選手だった。

俺は一人で病院の受付デスクの前で診察費を支払った。四万八千九百ウォンだった。こっちが申し訳なくなって看護師に言った。

——子宮の模型、すぐにお返ししますんで。あいつ、根気ないから遠くには行けないはずです。

看護師は返事の代わりにかなり長めのため息をついた。

建物の外に出ると、ジェヒが電柱の横で子宮模型を抱えて立っているのが見えた。彼女は俺を見るなり手をひらひらさせて、ライターある？　と尋ねた。俺はポケットからライターを出してジェヒが口にくわえているマルボロ・レッドに火をつけてやった。ジェヒが子宮模型を見ながら言った。

——どんだけぼろぼろなの。

——大学卒業したときに買ったんだろ。ソウル大・八八年入学だってさ。

——そんなのどうしてわかったの。

——さっき暇だから壁の卒業証書と医師免許見てた。

——決めた。もう金輪際あたしの人生にソウル大はない。

——ソウル大もなにも、お前ほんとどうしたんだよ。手術してくれないっていうなら出てくりゃいいだろ、なんでもめてんだよ。

——黙ってる人にあたしが怒鳴るとでも？　あいつ完全にイカれてる。いい？　彼女が妊娠という言葉を口にするよりも先に、医者はすぐにジェヒを診察台に横にならせて超音波検査をした。診察の結果、ジェヒの胎児（と呼ばれる細胞）は八週めに入っていたという。

——子どものお父さんにも中に入ってもらって一緒に見るようにって言うから、あの人は父親じゃなくて、父親は誰か私もわからないんです、って言っちゃったわけ。

——適当に嘘ついたってよかっただろ？

——あたし、もともとそういうの苦手じゃん。

なんでもない小さな嘘は息を吸うみたいに簡単につくくせして、いざ肝心な瞬間になると無駄に正直なジェヒだった。ジェヒの話を聞いた医者は、避妊の重要性と貞操観念について二十分以上演説を続けたという。カルテをめくりながら周期的に膀胱炎にかかっているのも乱れた性生活が原因かもしれないと、ジェヒのだらしのない性モラルと酒色におぼれた不埒な生き方を批判しはじめた。ジェヒは壁にかかっていた十字架を見て、憤りを必死に飲み込んで、こう言った。

――あたしみたいな子がいるから先生だって儲かるんじゃない。

――娘みたいな年だから心配して言ってるんだ。その年でそんな不届きな暮らしをしてちゃいけない。女性の体にとって一番よくないのが、ふしだらで安全じゃない性生活なんだよ。わかるね？

――妊娠と出産が一番よくないって聞きましたけど？

――何を言うんだね。

――ネットで見たんで。女の体にとって胎児は異物と同じだって。妊娠と出産ほど体によくないものはないって。だから手術してください。

――誰がそんなことを？　いったいどこの誰が言ったんだね！

医者は怒り心頭の声で、知識人集団を信じない大衆の無知とインターネット文化の低劣さについて三分ほど熱弁をふるうと、超音波写真をプリントアウトしてこれを見ろと言った。

――君ね、おなかの中ですでに生命が育っているんだ。君の体は崇高な聖殿なんだよ？

――先生、崇高はけっこうですから。手術してくれるのか、してくれないのか教えてください。

と言うとまた生命の尊さと（すでに失って久しい）純潔の大切さについての説教が始まったので、ジェヒが我慢できずに思わず声をあげたというのだった。ジェヒは怒りが収まらないのか息まきながら言った。

——ピーナッツより小さいくせして生命とかって、なんなの。

——ジェヒ、わかったよ。もういいから、でも子宮模型は違うだろ。大事なやつだからさ。

——大事だよね。だから持ってきた。

やっぱりジェヒだよ、お前は。笑いながら一緒にたばこを吸った。遠くから産婦人科の看護師が近づいてくるのが見えた。受付に座っていたときと同じくらい無気力な表情の看護師は、ジェヒに手を差し出した。

——ジェヒさん。それ、返してください。

——悪いとは思ってますけど、こっちの身にもなってくださいよ。

——院長、説教が過ぎるしむかつくのもわかるけど、そんなことされると困るのはあたしなのよ。

ジェヒは吸っていたたばこを地面にこすりつけて火を消すと言った。

——わかりました。看護師さんの顔をたてて我慢してあげる。

おいおい、偉そうだな。看護師はジェヒが差し出した模型を抱えた。

——うちじゃなくて誠信《ソンシン》女子大の前の病院に行ったほうがいいよ。手術もしてくれるしサービスもずっとましだから。あたしもそこに通ってるの。

——ありがとう。

ジェヒは突然看護師を抱きしめると手術が終わったら一緒に飲もう、あたしがおごる、と言いながら電話番号まで手に入れてくる始末だった。その飲み代は空から降ってくんのかいな？と思った。誰とでもすぐに親しくなるセンスだけはぴかいちだった。

それから俺たちはすぐに誠信女子大の前の産婦人科に到着した。俺は建物の前のピンクの大きな看板に一瞬ひるんでしまった。びびってる俺を見てジェヒがジョークを投げかけてきた。

——うちら、なんか妊娠中絶遠征隊かなんかみたいじゃない？

俺は力なく、ははははと笑いジェヒの腕をとって病院の中に入っていった。E産婦人科はフランチャイズのカフェみたいに大きくてきれいで、事務的ではあるけれど親切だった。午後の中途半端な時間帯なのに待合室には患者がけっこういた。（当然）俺以外はみんな女だったけれど、俺は全然場ちがいなんかじゃないぞという堂々とした表情でソファの上に置かれた『コスモポリタン』を読んだ。健やかで美しいセックス、理性をオーガズムに導くマル秘テクみたいな、雲をつかむような話が書いてあった。緊張すると親指の爪を噛みちぎる癖はいつになったら直るんだろうと思っていると、ジェヒが出てきた。明るい表情だった。ジェヒはそっとささやいた。

——できるって。

四日後、ジェヒは手術をした。俺は手術費を三か月分割で支払った。七十万ウォンになるかならないかぐらいの額だった。家に帰るときはタクシーを使った。部屋に入るなり彼女らしくなく頭まですっぽり布団をかぶって寝込んでいるから、わかめスープを作ってやったりもした。生まれて初めてインスタントじゃないわかめスープを作ってみたのだが、わかめを戻すときの量の調節に失敗して台所のシンクがわかめの海になった。わかめのかたまりをロングヘアみたいに空中で揺らしながら、おい見てみろよ、俺バカみたいだろ、と言ってもジェヒはこちらに顔すら向けなかった。いつもだったら思いきり笑っていたはずのジェヒだった。俺はジェヒの背中に向かって訊いた。

――痛みひどいのか？

――教えてあげようか？

――いや。すぐメシにするよ。

俺の人生初のわかめスープは大惨事で終わった。ごま油で牛肉を炒めるときに火加減を間違えたせいで苦味が出てしまい、だしの素を大量にいれたのにスープは何か物足りない薄味だった。ジェヒは三口ほど口にするとまたベッドに横になった。そうして苦しそうな声で言った。

――たばこ。

――ダメに決まってんだろ。二重手術したって四日は休むぞ。

――タバコ！

仕方なく冷凍庫から新しいたばこを出してやった。ジェヒはマルボロ・レッドの黄色いフィルターをくわえると、うまそうに吸った。

——生き返る。

二週間過ぎると、ジェヒはまたアルコールづけの世界に復帰した。

＊

その日の夜、いつものように酒に酔って眠りについた俺たちを起こしたのは、誰かの泣き叫ぶ声だった。

——出てこい、このくそったれ。

窓の外からしばらくの間大声で叫ぶ声が聞こえた。どこのどいつか知らんが、飲んだらおとなしく家に帰れよ、なんの騒ぎだいったい、と思いながら布団を頭までかぶった。また寝ようとしても彼の叫んでいる名前に聞き覚えがある気がした。どうも俺の名前のようでもあった。ジェヒも目を覚まして目をこすりながら言った。

——ちょっと、あんたのことだよ。早く行ってみて。

窓を開けてみると、一緒に泌尿器科に行った工学部生が立っていた。酒も飲めないくせして酔うだけ酔って、ゲイ野郎、ホモ野郎出てこい、と怒りくるっていた。おいおい、かんべんしてくれよと思いながら、サンダルをひっかけて下りていくと、彼は俺を見るなり横っ面をひっぱたいた。俺が自分の気持ちを踏みにじったと、その対価を払えと言うのだった。家族に俺が同性愛者で、使い物にならない雑巾みたいな奴だと暴露してやると大声でわめき立てた。家族にって、なんの話だろと思ってから、何回か家まで来ると言い張るのでそれを断る言い訳に家族と暮らしていると嘘をついていたのを思い出した。ジェヒがパジャマ姿で外に出てきて、まだ終わらないの、とつぶやいた。ジェヒは取っ組み合いの喧嘩をしている俺たちを放っておいたまたばこを吸い始めた。工学部生は俺を押しのけてジェヒのもとに行くと、お姉さん、弟さんのしてることご存じですか、と言って、俺がどんだけ大勢の男たちとセックスをしているのかを吐露しながら、いきなり俺の好きな体位や、脇腹に贅肉がついてて尻が貧弱な俺の体形みたいなのまで暴露しだして、ジェヒがこれといった反応を見せないものだから、また俺の胸ぐらをつかむと「お前みたいに汚れた暮らししてる奴は性病にかかって死ぬぞ」という、なかなか関連性のあることをラップみたいに並べ立てた。俺はあくびをしながら言った。

――お前さ、ここじゃなくて『SHOW ME THE MONEY』［ケーブルテレビチャンネルの人気ヒップホップ・サバイバル番組］に出たほうがいいよ。

男は大声で何言かまた叫ぶと、地べたに座り込んで泣き出した。

――人を好きになるって罪じゃないですよね。

おう、人を好きになるのは罪じゃないけど、お前がこうゆうことするのは罪になる、それも大罪だ。そういうの全部抜きにしたって、俺らは何回かセックスして別れただけの仲なのにお前がちょっと前のめりになりすぎたんじゃないか。俺がそうやってなだめている間、ジェヒはおならみたいにぷぷぷぷ笑いながら、地面に座った男を支えて立ち上がらせた。「うちらだけで一杯やろ」。それから俺が止める間もないうちに俺だけ置いて、二人で肩を組んだまま歩き始めた。ついていこうとしたら、家に戻ってるように言われた。

一時間もしないうちに家に帰ってきたジェヒは、すべて解決したと言った。

――おい、化け物かよ。どうやって帰らせたんだ?

――どうやってって、話を聞いてやるふりしてとにかく飲ませてつぶしただけ。タクシー乗せて送った。

ジェヒは俺に、これ見てごらん、と言いながら自分の携帯で工学部生の漢陽《ハニャン》大の学生証と運転免許証を撮ったのを見せてくれた。住所は開浦《ケポ》、公団住宅。

――あいつ年ごまかしてたな。同い年とか言っといて、二〇〇六年大学入学じゃん。

――もしまた来たら、今度はうちらが開浦公団住宅に出動する番。

俺はジェヒをぎゅっと抱きしめた。俺の悪魔、俺の救世主、俺のジェヒ。

当時の俺たちは、互いを通じて人生のさまざまな裏側を学んだ。例えば、ジェヒは俺を通じてゲイとして生きるのは時にマジでクソだってことを学び、俺はジェヒを通じて女として生きるのも同じくらい楽じゃないってことを知った。そして俺たちの会話はいつだって一つの哲学的な質問で終わった。

——うちら、なんでこんなふうに生まれたんだろうな。

——わかんない、あたしだって。

*

この騒動のさなかに、大学では俺たちが同棲していて、妊娠、中絶をしたという噂がたった。その中に間違った内容は一つもなく、ジェヒと俺はやっぱり集団知性の力はたいしたものだという結論にたどりついた。どうせ三、四年になれば、みなそれぞれ将来の道を探すのに忙しく、噂なんてものは発話者にとっても、当事者にとっても、これっぽちの影響力も発揮できなかった。

ジェヒはこれまでの放蕩《ほうとう》ぶりを改めて、大学の成績もぬかりなくキープし、週に八回飲んでいた酒も三回程度に減らして人間らしい生活を始めた。俺のほうは、仏文科の授業を受けて、老いぼれ教授が愛がどうのこうの言うのを聞きながら居眠りをし、夜になれば、夜ごとセックスの相手を求めてさまよい、それすらかなわない日には部屋の片隅で望夫石よろしくジェヒを待ち続けて、彼女が買ってきておいた米国産冷凍ブルーベリーを茶碗に開けて食べていたものだった。素手で冷たいブルーベリーをつまんでいると、いつのまにか指が紫色になってたっけ。

それがおかしかった。

四年生の前期、ジェヒは文系女子という（就職市場の公然の）ハンディを乗り越え、ある大手電子会社に就職した。ジェヒが新入社員研修に行っていたひと月あまりの間、俺はマジで暇で死にそうだった。ジェヒがいないから一緒に飲む相手も、くだらない話をしながら遊ぶ相手もいなかった。夜がやたら長く感じられて、だから俺らしくもなく、昔つき合っていた男たちのリストを振り返っていた。ちょうどそのころ、工学部生は自動車メーカーに入ってすぐにＫＩＡのＫ３を買った（この部分が重要だった）ばかりで、週末のたびに車でどこかに出かけたくてしかたなかったから、暇で死にそうな俺とはぴったりの組み合わせだった。そいつとつき合うつもりなんてなかったのに、Ｋ３で南山《ナムサン》タワーだとか山井湖《サンジョン》なんかに出かけてるうちに、いつのまにか恋愛っぽいかんじになってしまった。セックスはすでに何回かした後だったし、あいつの体は俺の体で、俺の体はあいつの体みたいになってしまうと、もうなに一つ新しいことはなかったものの、二人とも自己肯定感が低く、周期的に自殺衝動を感じ、学生時代にいじめにあった経験があって、アート映画や本みたいなのを好み、村上春樹やホン・サンス、仏文学やアウディみたいなうざったいものを忌み嫌うという共通点のあるゲイだったから、お互いをそれなりに特別な存在だと思うようになってしまった。

ジェヒもやはりその時期に遊んでばかりいたわけではなく、研修先で三つ上の同期を一人捕まえて出てきた。今回も適当に遊んで終わるのかと思いきや、案外まじめに考えているのか三か月ほど過ぎたころに、正式に一緒に食事をしたいと言ってきた。

——あんた一人だとなんだから、彼氏もつれてきたら。

――彼氏じゃないし。

――いいから。あのK3つれてきなって。

――やだよ。おかしいだろ。お前の彼氏になんて紹介するんだよ。

――いいから黙ってつれてきなってば。高いのごちそうするから。

――何をだよ。

俺たちは漢南洞《ハンナムドン》のレストランで一次会をした。ジェヒの彼氏には、俺たちはボードサークルで知り合った友人だと嘘をついた、彼は今までジェヒがつき合った男たちとはまったく違った。芸術をやってるからと（一年もしたら恥ずかしくなる）タトゥーをあちこちにいれてなかったし、姑息な目つきでもなかったたし、ペニスがでかそうにも見えなかった。代わりに俺とジェヒにはない、なんていうか安定感のような、人生に対する楽観みたいなのが感じられる人だった。ソウル大工学部出身で半導体の研究部署で働いていると聞いて、俺はテーブルの下でジェヒに携帯メールを送った。

お前の人生にソウル大はないんじゃなかったのかよ。

人生が思うようにいけば、うちらこんなことしてないって。

そのとおりすぎて、ジェヒの彼氏に向かって、いやぁ、すごいです、かっこいいっす、と見苦しいおべっかを並べたりもした。俺がつれてきたK3とジェヒの彼氏は、二人とも工学部出身でなかなか気が合うようだった。二人はそれぞれの会社の雰囲気や研究分野についてひたすら話し続けていた。二人の会話を聞いていて退屈になった俺は、ジェヒのはっちゃけたキャンパスライフを社会的に容認可能なぎりぎりのラインで編集して話してやった。うん、俺たち四人の食事の席はかなりまともだったと記憶してる。

3

ジェヒの彼氏がジェヒとジウンがどうもあやしいということに気がついたのは昨夏だった。

——ルームメートのジウンって猫なの？

——えぇ？　なんのこと。

——おかしいだろ。いつも家にいるばっかりでさ。どうして一度も会わせてくれないんだよ。声を聞いたこともなければ、一緒に撮った写真もないのか？　猫なら鳴き声ぐらい出してもよさそうなのに、彼女はうんともすんとも言わない。

今までジェヒがつき合った男たちはたいがい短期間だったからよかったものの、普通、正常な頭の人なら疑わしく思ってあたり前だった。何度ジウンさんと一緒に食事をしようと言われても仕事があるとか、恥ずかしがりやだからという理由で断ってきたのだから、おかしいと思われて当然だ。ジェヒがもう少し嘘をつくのがうまかったら、人生ははるかに生きやすかっただろうに。二人はつき合って一年、初めて大喧嘩をした。嘘をつくのが下手なジェヒはあれこれ作り話をした挙げ句、窮地に追い込まれて「ルームメイト　ジウン」が同い年の男性だということを打ち明けてしまった。そして、彼が男を好きな男だということも。

——だから、そいつはただの女と同じなの。ほんとにジウンと暮らしてるのと同じなんだって。

——同じわけないだろ。男なんだから。男と女が一緒に暮らしてるってことなんだから。

二人がここまで激しくもめるのは初めてだったという。ジェヒは家に帰ってきて俺にそのことを伝えながらうなだれた。

——ほんとごめん。そんなつもりじゃなかったんだけど、そうなっちゃった。

——じゃあどうするつもりだったんだよ。

怒りが収まらなかった。ジェヒは俺の反応を予想していなかったのか、口を半開きにしたままがくっとうなだれていた。俺の声はなぜこんなに震えているのかと思ったら、どうやら俺は本当に腹を立てているようだった。お互いこれよりもっとひどいことだってあった。酒を飲んで暴れるジェヒを家に引きずってつれ帰ったのだって数え切れなかったし、トイレだと思って床に粗相をしてしまったジェヒのストッキングを捨てて漂白剤で床をごしごし拭いたことだってあった。めやにのついた目をこすりながら起きてきたジェヒが謝ってくると、いつだって返事の変わりにジェヒの背中を叩いて、誰よりも大笑いしていた俺だった。なのにあのとき、俺は心底頭に来ていた。

裏切られた感。

それは、他人にさしたる期待をしない俺が普段はなかなか味わうことのない感情でもあった。考えてみれば笑える話だった。ジェヒはただあったことをそのまま話したに過ぎない。今まで俺は自分のアイデンティティーが明かされることにそれほどこだわりはないつもりだった。酒が入ると道端で男とキスしておいて、噂にならないように願うのは都合がよすぎる話だと思っていた。でも俺の秘密が、ジェヒとその男の関係のための道具として使われたのは受け入れがたかった。誰に何を言われたってかまわない、ただ、その誰、がジェヒだということが許せなかった。ほかの人みんなが俺について話したとしても、ジェヒだけは黙っていなければならなかった。

ジェヒなんだから。

ジェヒと俺が共有していたものが、二人だけの話が、ほかの人に知られるのが嫌だった。俺たち二人の関係は全面的に二人だけのものだと信じていたから。いつまでも。

——連絡しなくていいから。

俺は荷物をまとめてすぐに蚕室《チャムシル》の自宅へ戻った。俺がなぜあんなに激しい反応を見せたのか、俺自身すらわからないまま。

その後、ジェヒから何度も電話がかかってきたが取らなかった。K3にも、二人の関係について考え直そうと携帯メールを送った。彼は、どうしてそうやって一方的に逃げてばかりなのか理解できないと、もうこれで本当に終わりだと言ったかと思えば、夜ごと浴びるように酒を飲んで（どこかで見て真似したに違いない）愛にまつわる詩みたいなのを誤字だらけのまま送ってよこした。ジェヒも同じように、たまに、俺の気持ちはよくわかると携帯メールを送ってきたが、俺はジェヒがいったい俺の何がわかるっていうのかわからなかった。偏屈になる一方の自分が滑稽で、一人でじっと横になってても、おならでもするように一人でぷぷっと笑っていることが多かった。

＊

家にいる間、俺は小説を書いて、作家になった。

俺と、ジェヒと、俺たちが出会った男たちと、彼らとの恋愛史を適当にまとめてでたらめな話を書いた。本当は誰かに見せるために書いたんじゃなかった。なかなか眠れなくて何かをする必要があったし、夜通ししゃべくって遊んでいた人がいなくなってしまい、誰かにどうでもいい話をしたくてたまらなかった。いつまでもセックスばかりしてるゲイと、犬をなくしてしまった恋人たちが出てくる小説を書いてるときも、これといった満足感や達成感は感じられなかった。でも、俺の書いた小説が、ジェヒと過ごした数々の夜と似ているとは思った。これといった期待もせず、その二つの小説を公募に出してなんと当選した。

受賞を知らせるためにジェヒに電話をかけた。ちょうど三か月ぶりだった。ジェヒはまるで三時間前にも電話で話したかのように、もしもし、と電話に出ると、俺の受賞の知らせを聞くや突如泣き始めた。お前ほんとに相変わらずだな、と思いジェヒが泣いているのを三分ぐらい待って、審査評を読んでやった。ある大御所作家は審査評で俺の作品について、エロジャーナリズム的趣向が懸念されると評した。ジェヒはその部分を聞くと爆笑した。賞金の一部でジェヒにシャネルのラムスキンのバッグを買ってやった。

K3の訃報を携帯メールで受け取ったのはそのころだった。交通事故だったという。あんなに大事にしていたK3が結局はお棺になってしまった。彼が死んだという知らせを聞いて、やっと俺は彼と見渡せないくらい遠い先の未来について想像していたことに気づいた。彼が最後に俺に送ってきた携帯メールの内容はこうだ。

執着が愛じゃないって言うなら、俺は誰かを愛したことなんて一度だってない。

＊

葬儀が終わってまたジェヒの家に戻った俺は、普段どおりの日々を続けた。ジェヒはいつものように冷凍庫にブルーベリーをたっぷり用意していた。俺もいつものようにマルボロ・レッドを買っておいたが、その必要はないと言われた。たばこ代が値上がりしてから彼氏と一緒に禁煙したのだという。あ、そうなんだ、だろうな。俺が買っておいたたばこが冷凍室で凍ったまま残っていた。

眠る直前までその日あったことを互いに話す習慣は相変わらずだった。俺はいつもどおり「今日の男」について話し、ジェヒは自分と彼氏の関係について話すことが多かった。ジェヒカップルの間で「ルームメイト　ジウン」は地雷のごとく避けるべきタブーとして残った。血のつながっていない兄妹、じゃなけりゃ、かなり気に障るルームメイト程度に収まったようだった。

ジェヒの彼氏は酒に酔うたびに彼女にこう言ったそうだ。

――普通の人たちから見たら、お前たちかなり異常に見えるの、わかってるよな？

知るか。二人がいつまで続くか見届けてやろうと思っていたけど、男は思ったよりも持久力のある性格のようだ。ジェヒが言うには、今までつき合った誰よりも情緒が安定していて、いつも自分の話をちゃんと聞いてくれるところがいいのだそうだ。

――あたしのしたいようにしてくれる。ペットみたいに。

変な習慣もないし、ほかの男たちみたいにジェヒの酒癖に飽きもせず、むしろ毎日新しい女と会ってるみたいで新鮮でいいと言ったとか（嘘だろ）。

ジェヒはいつも十二時前には気絶した。仕事が多いのか毎晩十時過ぎに帰宅して、身動きもできないくらいぐてっとなっていたかと思えば、俺が誰かとうまくいきそうな感じになって外泊でもしそうになると、母親が念を押すようなメールを送ってきたりもした。

今度は先に死なない子をちゃんと選ぶんだよ。

努力してみる。

＊

そのころ、ジェヒの彼氏はジェヒにプロポーズし、ジェヒは承諾した。つき合ってちょうど三年だった。俺はその知らせを聞いて、あの人、どこにも文句のつけようなかったけど、女を見る目だけはないみたいだな、と言った。ジェヒは、でしょ？　と答えた。そしてつけ加えた。

――あたしが一生自分のこと笑わせてくれそうだからいいんだって。

笑わせてもらってるうちはいいけど、後で裏切られても知らんぞ俺は。

その言葉を聞いて以来、俺もジェヒのことをずっとおもしろいと思ってきたことに気がつかされた。きれいでも性格がいいわけでもないジェヒだが、おもしろいのはたしかだよな。

でも、その彼氏、年がいってるわけでもないのにどうしてこんなに結婚を焦ったのだろう。生まれつき安定志向だから？　聞いたところじゃ、二つ上の姉もまだ結婚してないらしいけど……もしかしたら俺の存在が、生物学的男性であり三年来のルームメイトのジウンの存在が、彼に結婚を決心させたのかもしれないとも思ったが、深く考えないことにした。俺は俺にまつわるどんなことも考えないことにした。自意識過剰は病気だから……。

4

ジェヒが結婚宣言をしてからは、あらゆることがスピーディーに流れていった。

俺は式直前の三か月、韓国社会で男女が一つの家族になるということがどれだけあほらしいかを直・間接的に目の当たりにしたし、だから内心、結婚なんて夢のまた夢ぐらいに思っていた自分をこれ以上悲観しなくなった。まあ、キツネと酸っぱいぶどうみたいな気持ちじゃないとは言えないけど。

ジェヒは、まるで俺になにか貸しでもあるのかってくらい俺にやってほしいことがたんまりあった。代理に昇級してから仕事が殺人的に忙しい夫（予定）の不在を理由に、俺を夫代わりにこき使った。俺は、ウエディングドレスショップや韓服店、カーテン専門店みたいなところにつれまわされ、ジェヒと一緒に品物を選んだ。はじめはジェヒの後ろで冷やかしていたのに、後になると俺のほうがはりきって生地をチェックし、この色にしろとノリノリだった。そこまでは俺もなんだかんだ好きなことだから構わなかったが、結婚式の司会を頼まれたときはさすがにあきれた。異性愛の結婚式なんてのにはこれっぽちも関わりたくないから嫌だとはねのけても無駄だった。

――あたしの結婚式にあんた抜きとかありえないでしょ?
――なんでありえないんだよ。絶対やらねえ。できねえ。それにスーツも持ってねえ。
――買ってあげる、アルマーニの。
――俺はアンチマリッジ運動してんだよ。お前見てたって結婚制度は滅びて当然だね。
――たわごとはいいからお願い。目立ちたがり屋じゃない。

それは完全な誤解だった。泥酔したときの自我と普段の俺とは大きな違いがあった。何度も断ったのに決して動じずゴリ推ししてくるときのジェヒは誰にも止められなかった。わかった、司会はやってやるから、式次のスクリプトはお前が書けよ、と言うとわかったと言った。

一週間もしないうちにジェヒが家にフライドチキンを二羽分買ってきた。後ろめたいことがあるってわけか。ジェヒは俺にチキンのもも肉を差し出しながら言った。

――新郎の友人が司会をするのが慣例なんだって。彼の親友にテレビ局の記者がいるんだけど、その人が司会するって。ほんとごめん。

俺から言い出した話じゃないし。そもそも結婚式の司会なんてやりたいと思ったこともないのに、その慣例だかなんだか知らないが、そのせいでできないのかと思ったら、こっちまでむしゃくしゃしてきた。どう見たって新郎のほうから何か言ってきたに違いない。ジェヒはその代わり、俺のために準備した席があると言った。

——祝歌。

——正気か?

——あたしのこと書いてデビューした分だと思ってよ。

——じゃ、俺が買ってやったシャネルのバッグ返せよ。

——歌ってくれないなら出版社訴えるよ。あたしの恥部を売り飛ばしたって。

訴訟よりも羞恥心をかぶったまま歌を歌うほうがましな気がしたし、結局アルマーニのスーツ一着とシャツ、グッチのネクタイまで買ってもらう線で落ち着いた。

ジェヒの新居は芳荑洞《パンイドン》のマンションだった。ジェヒの両親が投資目的で買っておいた家に入居することになったという。

＊

最後の日、俺たちは郵便局で一番大きい段ボールを十個買ってきた。クローゼットからジェヒのワンピースやらレザージャケットやらを取り出して一つ一つ畳んだ。ジェヒが俺に言った。

――ヨン、あたしさ、この先浮気しないでやってけるかな？

――どうだろ。

――あたし、彼のことはあまり心配してないんだけど、自分が心配で。まっとうな人をあたしがだめにしちゃうんじゃないかって。

――いや、俺もさ、ジェヒ……俺もそれ心配ではあるわ。

俺たちは一緒に笑い、服をすべて箱につめた。思ったよりも荷物は少なく段ボール五箱で済んだ。大きな荷物や冬物はすでに新居に送ったのだという。残りの五か月の契約期間は俺一人で住んでもいいと言った。部屋の保証金はけっこうな額になるのに急ぎの金がいるわけじゃないところを見ると、ジェヒの家はけっこう余裕があるみたいだったし、なにげに格差婚ぽい感じもあるようだった。ジェヒは平凡な中産階級の家庭で誰よりも非凡に育った女だと信じていたのが揺らぎはじめた。彼女が社会的な通念なんてはなをかむティッシュぐらいに思っていられたのはもしかしたら……。

荷物をすべてつめてから並んで布団を敷いて横になり、一緒にシートマスクを顔に貼りつけていると、なんだか二十歳のころに戻ったみたいだった。あのときのあのどら娘も同然のジェヒが、いつのまにかすっかり大人になって（？）結婚するだなんて、どうも実感がわかなかった。

――ところでお前、ほんとに結婚してあっちの親の世話して、子ども産んで、おむつ替えたりする自信あんの？

――彼と契約書も書いた。子どもは作らないって。義理の両親はまあパパとママの誕生日をもう一回ずつするんだぐらいに思ってればいいし。恋愛の続きみたいにこのまま暮らすつもり。

――じゃあそのままつき合ってればいいだろ、なんでわざわざ結婚するんだよ。

――しようっていうから一度ぐらいしてみようかなって。やってみてだめだったらやめればいいし。

――そうだな。やってみて違うと思ったらさっさと帰ってこいよ。

――あたしにそれができないとでも？

できなかったからここまで来たんじゃないのか、と訊いたが返事はなかった。代わりにろうろうたるいびきをかく音が聞こえてきた。ジェヒが口癖のように言っていた「だめならやめればいい」が頭の中をぐるぐる回っていて、いつもだったらいらっとさせられるだけのその言葉が、どういうわけか慰めになった。

結婚するのはジェヒだっていうのに、眠れないのは俺のほうだった。そうやって俺たちの最後の晩は過ぎていった。

5

司会者が祝歌を歌う人として俺の名前を呼んだ。

同窓生たちが一斉に顔をあげて俺を見つめた。笑いも起きた。俺はカトラリーのセッティングされたラウンドテーブルから立ち上がり、ゆっくりと正面のほうへ歩いていった。緊張して肩ががちがちだった。ジェヒとジェヒの新郎が俺を見てにっこり笑っていた。数百人の招待客が一斉に俺を見た。威圧感にのまれたまま、マイクをぎゅっと握った。譜面台に置かれた楽譜の中の文字がぐらついていた。マイクを握るとなぜこうも感情がゆらぐのだろう。作家になってから何度かマイクを手にしてイベントをしたが、いつも必要以上にしゃべりすぎたり、あるいは突拍子もない瞬間に涙を流して周りを困惑させてばかりだった。俺に内在していたステージ用の自我に俺すら驚くことが一度や二度じゃなかった。前奏が流れ始めた。音楽ダウンロードサイトのMelonから千ウォンで伴奏ファイルを買おうとしたものの、なんだか癪《しゃく》に障って七百ウォンのを買ったのはいいが、カラオケよりひどかった。今にも涙があふれそうになって鼻先に力を入れた。このままじゃだめだ。我慢しろ。こらえろ。俺は震える下唇をぎゅっと噛んだ。ジェヒの招待客のうち少なくとも三人くらいはジェヒと寝たことのある男たちだったし、二人は俺とも寝たことのある人たちだった（俺はときどき性的少数者がほんとに「少数」に過ぎないと思っている人たちの純真さに驚かされる）。ジェヒとその新郎がえらい厚化粧で作り笑いを浮かべたまま俺を見つめていた。

結局、俺はまともな祝歌を歌うのには失敗した。前小節はどうにかこうにか震える声で歌ったが、二度めのサビになった瞬間、何もかもがはじけ散ってしまった。

いつも私のそばにいて、君にだけ私の夢を託したい、まで歌うと、涙があふれそうでそれ以上歌えなかった。ジェヒ、お前ほんとに一人で行っちゃうんだな、こんなふうにさ。間奏あたりからすでに笑い始めていた人たちは、俺がマイクを置いて振り返ると、演技でもしてるのかと思ったと噴き出して爆笑した。ジェヒがドレスをずるずる引きずりながらかけよってきてマイクを握った。そうすると残りのパートを歌い始めた。

——いつまでも私の心にたった一人の大切な人……

たいがいのことは器用にこなすジェヒだが、歌だけはこれがどうしようもなく下手で、そのうえ伴奏が男性キーに合わせてあったから余計にひどかった。黒いカーペットが敷いてあるホテルだということがわからなくなるくらいに式の品格はどん底に落ち、こぼれ落ちそうだった俺の涙はひっこみ、ほんっと、ジェヒってのはどこまでもジェヒなんだよな、という思いにとらわれたまま鼻水をすすって残りの歌をジェヒと一緒に歌い切った。俺は、ほかの人にはみんな負けても、こいつだけには負けられない、今日のオク・ジュヒョンは俺だという心意気で、ベストを尽くして。

席に戻ると同期たちがどかんどかんウケて大騒ぎだった。いつのピンクルだよ［Fin.K.L.。韓国アイドル第一世代。四人組のガールズグループで一九九八年にデビュー。リードボーカルはオク・ジュヒョン］。お前まさかさっき泣いてたんじゃないよな、みな笑い死に寸前だった。ホモだからピンクル歌いながらでも泣けるんだ、文句あるか、と言いかけてやめた。代わりに冷めたステーキをナイフで切ってガムみたいに長いこと噛んでから飲み込んだ。同期たちはそれぞれ話したいことがたくさんあるようだった。次は誰が結婚する番で、誰々は子どもを産んだ、誰々は昇進して、転職して、就職に失敗した誰々は親のペンションを譲りうけた……耳障りなだけのだるい話がいつまでも続いた。ジェヒの新居は松坡《ソンパ》なんだってな、あそこのマンション最近三億ウォンも値上がりしたの知ってるか、ジェヒは金持ちの旦那を捕まえて宝くじを当てたも同然だという声まであがり、マンションはジェヒの両親が用意してくれたんだよあほども、と知ったかぶりをしようとしたが、それもこれもみな無駄に思えてステーキを半分ほど残したまま席を立った。トイレに行くと言ってそのままホテルを後にした。

家に帰ってくるとすぐにジャケットを脱いでベッドに放り投げた。下着もすべて脱いでしまってからベッドに横になった。ジェヒと一緒に暮らしているときは絶対にできなかったことだった。一人だとせいせいしていいな。日が暮れる前からこんなことをして、まるで酒に酔って朝を迎えたような気分になった。家もスペースができたことだし、男でも呼び込もうかと思ったがそれも面倒でやめた。窓のむこうにゆらめく日差しを見ながら習慣のように携帯の過去メッセージを眺めた。目新しくもないクレジットカードの決済を知らせるメッセージとスパムの間にまぎれジェヒが俺に必死に頼みごとをしてくるメールを読み、K3が最後に送ってきたメールを開いてみた。

執着が愛じゃないって言うなら、俺は誰かを愛したことなんて一度だってない。

携帯を閉じてしまった。シャワーを浴びようと思ったが、突然冷たいものが食べたくなった。冷凍庫を開けてみるとほとんど食べてしまったブルーベリーが一袋と、封も切っていないマルボロ・レッドがひと箱あった。たばこのパッケージにがんになった男の肺の写真が貼ってあって、それをしばらくじっと見ていた。この人死んだのかな。食器棚からごはん茶碗を取り出してブルーベリーの袋をすべて開けた。紫色の凍ったかけらが一つ、ぽとっと落ちてきただけだった。

あのとき、永遠だと思っていたジェヒと俺の季節が永久に終わってしまったことを悟った。いつだって、タイミングよくブルーベリーを買い置きしてくれていたジェヒ。俺がつき合ったすべての男の名前と顔を覚えている、俺の過去の恋愛のＨＤＤ、ジェヒ。ところかまわずたばこを吸い、とんでもない男ばかり選んでつき合っていたジェヒ。

何もかもが美しいと称される季節は刹那に過ぎないことを教えてくれたジェヒは、もうここにいない。

メバル
一切れ
宇宙の味

1

夜通し原稿を書いていて寝坊してしまった。さっと顔だけ洗ってカバンを手にした。母さんはたぶん、いらいらをぐっとこらえながら病室で聖書を読んでいるはずだった。昼食を食べてから母さんと一緒にオリンピック公園を散歩するのがずいぶん前から日課になっていた。

階段を下りながらいつもの癖でちらっとポストに目をやると、書類封筒が差し込んであった。取り出してさわってみると分厚かった。差出人の名前は書いてなかった。なんだろ、と思いながら封筒を開けてみた。黄色く色あせた紙の束が出てきた。

それは、五年前、彼に投げつけるように渡した俺の日記だった。

裸のまま姿見の前に立ったような気分で最初のページを読み始めた。黒いペンで殴り書いた日記の上に、赤いペンでもって校正記号やら、なめらかじゃない文章やらに印がついていた。つまりだから、彼が、俺の書いた日記の校正紙を送ってよこしたのだった。五日でもなく五年ぶりに。俺は紙の束をきつく握りしめた。彼にまつわる記憶が、強烈な感情が、洪水みたいにあふれ出し流れ込んできた。まだ、俺んちの住所覚えてたってこと？　紙の束の最後のページは俺じゃなく彼が殴り書きしたメモだった。彼の筆跡で書かれた赤い文字たちが焦げついた血痕みたいに思えた。

久しぶりです。作家になったと聞きました。おめでとうございます。本名には「ジェ」が入っていたと思うけど、間違いないですよね？　ペンネームを使っているのかもしれませんね。

おいおい、ふざけてんのか？　いくら昔のことだからって一年以上つき合った相手の名前すらまともに覚えてないってどうなの。

だいぶ太ったみたいで写真じゃわかりませんでした。

うるせぇ。これ以上読む必要ねえし。やぶっちゃえ。ところが次の文章。

お母さんの具合はどうですか。あのときはすみませんでした。いろいろと。全部。

男ってのはいったい、なんでこうしょっちゅう俺に謝るんだろう。そもそも謝るようなことしなけりゃいい話だろ。彼は相変わらず一方的に自分の用件を並べたてた。

これまで何度も連絡しようとしたけれど、事情があってできませんでした。それに、ずいぶん時間も過ぎてしまったし、当然、電話番号も変わってたので。突然連絡したりしてすみません。ちょっと時間がないもので。月曜日に急に出国することになったんです。かなり長い間、もしかしたらもう帰ってこないかもしれません。よかったら、今週の日曜日、以前約束していた時間に、約束していた場所で会いましょう。どうしても渡したいものがあります。

メモの最後に電話番号が書いてあった。日曜日といったら二日後だった。こいつ、いったいどういう顔して俺にまた会おうなんて言ってくるんだ。渡したいものがあるとか、どの口が言ってんだか。俺たちがやりとりすることなんて、もはやののしりあうことぐらいしか残っていなかった。書類封筒ごとゴミ箱に投げ捨ててしまいたい気持ちと、誰の手も届かないところに静かに保管しておきたい気持ちが交差した。結局、書類封筒をカバンに入れた。

道を歩いていて心臓がどきどきしてくるのを感じた。これしきのことでこんなにまで強烈に体が反応していることに、ぞっとするくらいプライドが傷ついた。俺はスマホのメモ帳を開いた。そして一行書いた。

五年前、俺は彼を母さんに紹介しようとしていた。

＊

幸い、母さんはいびきをかきながら寝ていた。昼食を食べてすぐに眠ってしまったようだ。俺は足音を立てないように近づき付添人用の簡易ベッドに座った。

母さんの入院が長引くと、病室に母さんの物が増えはじめた。冷蔵庫の中の惣菜の入ったプラスチック容器に果物、引き出しの中の果物ナイフ、はっか飴一袋、ベッドサイドのテーブルに置かれた小さな写真立て一つ。十一歳の俺と三十九歳の母さんが並んで撮った写真だった。写真の中の母さんは学士帽をかぶって全身で正体不明の銅像にもたれかかっていて、母さんの足元の俺はデニムのオーバーオールを着てしかめっつらをしていた。あのころ撮った写真を見ると、どれも眉間に深いしわを寄せていた。性格の悪さはたぶん生まれつきなんじゃないかと思う。写真の横には今年刊行になった俺の本が二冊置いてあった。本は見舞い客用のもので、肝心の母さんは俺の本を読まなかった。彼女は俺の本だけじゃなくて、俺の書いたどんな文も強迫観念といってもいいくらい徹底して読まなかったが、老眼のせいで文字がかげろうみたいにゆらゆらすると言いつつ、本当は別の理由があることはちゃんとわかっていた。

二十歳のときに大学新聞が主催する文学賞をもらったことがある。受賞すると百万ウォンの奨学金がもらえるもので、ちょうど新聞社でインターンをしている同期が競争率が低いと教えてくれた。いつも酒代の足りなかった当時の俺は、ひどい学歴コンプレックスを抱えていて、放送通信大学で学士号を二つも取ってから、我が子の教育にすべてをかける五十代の女性の話を書いたのだが、それは当時の俺が書ける一番身近な話だったからだ。無鉄砲にスタートした俺の初小説は、躍動感あふれる人物描写が際立っていると評され、当選した。母さんはどこからか（おそらくすべての噂の元凶である教会から）その噂を聞きつけると、俺の当選作の出ている大学新聞を手に入れて読んだ。それから三日間、朝から晩まで泣いた。「お前がそんなに傷ついてたなんて、あたしがお前のことをそんなに苦しめてたなんて……」。寝室の外まで聞こえてくるほど大きな声で号泣する彼女に、「母さん、小説はあくまで小説だって。全部作り話だってば」と叫んでみたところで聞く耳を持つはずもなく、それ以来、母さんは俺が書いたどんな文も、しまいには床に落ちてるレポートやメモすら、読まなくなった。

——ミョンヒがお前の本おもしろいって、今まで出た本全部買ったんだって。あの人うちん中じゃ一番賢いじゃない。淑明《スンミョン》女子大出てるし。お前の書いたの読んで、いい子に育ったってさ。

この三年間に書いた小説といったって、酒飲んでものを盗んで、軍隊で鶏姦して、売買春して、浮気する人たちの話ばかりなのに、いったいどこの何を見ていい子だとか言ってんだろ。あともうちょっといい子になったら人も殺しかねねえな。ともかく、教会のおばちゃんたちのリップサービスってのは目に余る。

母さんがいつもの苦しそうな声を出しながら体を起こすと、夜ちゃんと眠れないのだと言った。抗がん剤治療を始めてからは痛みのせいでなかなか眠れないからつらいと、あくびばかりしていた。母さんがあんまりいびきをかくものだから、同室だった患者が二人も病室を移った。結局、自分の意思半分、他人の意思半分で、もう三か月近く二人部屋を一人で使っているところだったが、隣に人がいるときはあれが気に入らない、これが気に入らないとうるさいのに、いざ誰もいなくなると、夜中に死神につれていかれるかもしれないと、クリスチャン歴四十年らしからぬシャーマニズム的な発言でもって多彩に人を混乱させた。

――母さん、りんご剝こうか？

――口の中が苦いの、飴でいいわ。

今まで甘いものなど食べなかった人が、がんの手術をしてからは、はっか飴ばかり欲しがった。食事もしないで飴ばかり舐めているので無理やり口から出させたこともある。消化器官がきちんと機能しないからなのだそうだ。俺は病室に漂う患者特有の匂いを隠すために、布団とベッドに天然成分の消臭スプレーを吹きかけた。

五か月前、母さんのがんが再発したと知らされたときも、俺は驚かなかった。ここ数年おとなしくはしていたものの、いつかは起きると思っていたからだ。悲劇も喜劇もあんまりしょっちゅう繰り返してるといいことなんて一つもなくて、このあらゆるパターンに嫌気がさすだけだった。俺は、葬式を除いた、がん患者の家族が直面するであろうほぼすべてを経験した。もしかしたら、まだ経験していない最後の項目をそろそろ準備するときが来たのかもしれなかった。

＊

母さんの体から初めてがんが見つかったのは、もう六年も前のことだった。

当時俺は、二十代半ばのインターンで正社員になるための審査を目前にしていた。十人いたインターンのうち最終まで残ったのは三人。そのうちの一人が正社員になれるという噂で、それが唯一男性だった俺になる確率が高いという噂まで一緒に出回っていた。俺は五十代の男女の政治的傾向と健康との相関関係についての調査研究チームにアシスタント研究員として投入され、百人を超える人に電話をかけていた。偶然にも五十代、中道右派傾向の女性から電話がかかってきた。俺はいつもどおり二回彼女の電話を拒否したが、彼女は諦めることを知らなかった。仕方なく周囲の様子をうかがいながら会社の番号から彼女に再び電話をかけた。

――もしもし、私はコリア……

母さんが歓喜に満ちた声で叫んだ。

――あたしがんだって！　子宮がん！　ハレルヤよ。

あんまり騒ぐものだから、がんじゃなくて宝くじにでも当たったのかと思った。彼女は二週間前、おなかの中でつつじの花が満開になる夢を見て以来、「どうも嫌な予感がする」と健康診断を受けて、子宮がんと診断されたのだった。人脈づくりの延長で教会の人の紹介で入っておいたいくつかのがん保険から、診断費だけでも二億ウォン以上出るということだった。その額なら、今うちらが住んでる蚕室《チャムシル》のマンションの残りのローンをいっきに返せた。そのうえ、実損補償型医療保険から手術費が出るし、水原《スウォン》と安養《アニャン》のテナントビルの家賃収入でもってなんとか母子二人食べていけるだろうと話す母さんは、心から嬉しそうだった。母さんは、おばあちゃんも、お母さんも、二番めのお姉ちゃんもみんながんにかかったから、お前も百パーセントがんにかかるはずだと、俺名義でがん保険にあと二つ入っておこうと言った。

退社の意志をつげる俺に次長が言った。

——うちよりももっといいところに受かったの？

いや、うちは母と二人なんですが、その母ががんに罹《かか》りまして、看病する人がいないので辞めるんです、と言いたかったができなかった。母さんは、他人にあえて秘密にしなくてもいいようなことも隠そうとする人だったが、その理由の大部分は「笑われたくない」だった。肝っ玉の据わった人なのに、いつも妙なポイントで羞恥心を感じるところのある母さんは、自分の病気をやたら恥ずかしがった。彼女は二十年以上つき合いのある顧客たちに、安息年にして聖地巡礼に行ってくると休職宣言をし、友人のみならず姉妹にすら病のことを伏せておいた。俺としては、やましいことでもないのに何事だよと思ったが、純粋に母さんの秘密を一緒に守ることにした。そのせいで、俺はあいまいに笑いながら次長に、会社を辞めたら小説を書くのだと言ってしまった。ずっと夢だったとまでつけ加えた。

——夢か、いいな。でもこれだけは覚えておけよ。チャンスは列車と同じだ。一度通り過ぎたら二度とやって来ない。

列車なら毎日毎時間やって来るのにいったいどういう意味だろうと思いながら、俺の初めての会社生活は幕を閉じた。二週間後、母さんは子宮がんの名医がいるという江南《カンナム》にある総合病院の手術台で、イエスと苦しみを共にしたいから手術のときに麻酔はかけないでくれと医者に頼み、産婦人科のみならず精神科の診療も一緒に受けることになった（ついに！）。
レントゲンの写真ではそれほど大きくないと思われた母さんのがん細胞は、いざ開けてみるとかなり深刻な状態だった。リンパ腺への転移が疑われ、肝臓の状態もよくなかったため、時間をかけていくつかの段階の治療を受ける必要があった。子宮摘出手術後、何回か放射線治療が続いたが、母さんのがん細胞は完全にはなくならなかった。完治への道は長く、そして険しかった。

彼に初めて会ったのはちょうどそのころだった。ある人権団体が主催するアカデミーの人文学教養講座でだった。たくさんの講義のうち「感情の哲学」を受講したのは、当時俺が本当に感情をコントロールできずにいたからだ。就活生らしく英語の点数を確保し、いろんな会社の適性試験の準備だけでも手一杯なのに母さんの看病までしながら、母さんがあんまりプレッシャーをかけてくるから一日に一回の散歩までつき合わないとならなかった。身も心も病んでいる病人を一日中相手にしていると、こっちまで少しずつ病に侵されていく気分だった。母さんという不幸の震源地から逃がれるために、一日に何度もこみあげてくる俺の感情の本質を知るために、週に一度アカデミーに出席した。授業はスピノザの『エチカ』をメインに、ロラン・バルトの『明るい部屋』『恋愛のディスクール・断章』を副教材にして、人間の感情をナノ単位で細かく分析する方式ですすめられた。初回講義のとき、「在野の哲学者」だと自らを紹介した講師は、講義歴が浅い講師にありがちな、受講生全員に自己紹介をさせた。人権団体主催とあって、十五名を超える受講生のうち、半分くらいが社会団体の活動家だった。彼らは（誰も尋ねなかったが）自分の所属団体や信念、性的指向みたいなのを話し、俺の番が近づいてきたときは、俺も中道左派で男性ホモセクシュアル、だと告白しないとならないようなプレッシャーを感じたが、普通に本名を名乗って大学生だと自己紹介した。チョ・バラムさん、ジェイムスさん、サリーさん、まさかさん、秋の伝説さん……国籍や出身のわからない活動名とニックネームが続々と続いた。全員の自己紹介が終わるころ、一人の男がドアを開けて入ってきた。天井につきそうなぐらい背がめちゃくちゃ高くて、腰をかがめながら入ってきた男。彼が俺の隣に座ってバックパックをおろしてパーカーを脱いだ。黒いパーカーと太極旗が縫いつけてあるイーストパックのバックパックは、どちらも数十年は経ってるんじゃないかというほどくたびれていた。走ってきたのか、体からたちのぼる熱い生気が俺の顔にふわっとかかってきた。彼の首と腕、手首、指まで長い入れ墨が入っているのを見た。爬虫類の尻尾のようなもの。あの模様をたどっていくとどんな文様が描かれているのか、入れ墨の終わりがどこなのか知りたくなった。彼の体をすみずみまで眺めているうちに思わず生唾をごくりと飲みこんでしまった。突然、男が俺の隣にがっと近寄ってきた。耳からつま先まで毛が逆立つのを感じた。彼が俺の耳元でささやいた。

——あの、すみません、コーヒー一口もらってもいいですか？

男は、俺が答える前にすでに目の前のテイクアウト用のコーヒーカップの蓋を開けてコーヒーを飲み始めた。男の動作はスローモーションのようにワンシーン、ワンシーンが意味深長に映った。男は（おそらくものすごい熱かった）俺の視線なんかおかまいないしに、カップの底の氷までがりがり噛み砕いた。自己紹介の最後の番になった男は、自分を「創作者」と手短に紹介した。作曲するのでも、アートをするのでも、小説を書くのでもなく創作をするというその表現が歯が沁みるほどクールで、俺はいっきに彼から、なにか不吉な、実はかまってちゃん特有の匂いを感じ取ってしまった（予感はいつだって外れたことがなかった）。

授業が終わってから男が俺に近づいてきてコーヒーをごちそうすると言った。さっき飲んだコーヒーのお返しをしたいという理由だった。初対面の人の飲み物を断りもなく飲んだりさ、その口調や目つきみたいなのからして、どこか胡散臭いよなと思い、俺は手を横に振って断った。男はどうしてもお礼をしたいと言い張った。彼とアカデミーの近所のスターバックスに行くことになったのは、俺がやさしくて、彼の丁寧な頼みを断れなかったから、じゃなくて、ほんとは彼がめちゃくちゃタイプだったからだ。低音でよく通る声、高い眉骨に本心のうかがい知れない小さな唇、日焼け止めなんて生まれてこのかた一度も塗ったことのないような、ところどころにしみのある肌まで。性格はあやしそうだったが、顔だけでもじっくり眺めてくるか、という思いが不吉な予感に勝ってしまった（そうするべきじゃなかった）。

男と支払いカウンターに並んで立ってみると、俺より頭一つ背が高かった。誰かを見上げるのは平均よりも少し背の高い俺にとってはなかなかないことだった。俺たちは並んでアイスアメリカーノを受け取ると席に座った。自分からコーヒーを飲もうと言っておいて、彼はこれといって何の話もせず虚空を眺めていた。なんだよ、この人。じゃあなんで誘ったんだよ。結局俺が会話の糸口を見つけようとした。

——かなり喉が渇いてらしたんですね。

——おかげで、生き返りました。

そして沈黙。当時俺は（正社員を夢見ていた）契約職のショーマンシップを全身にまとっていたから（誰も聞いてないのに）自分から、大学生で仏文専攻で最近はまってるドラマはこれこれです、趣味は読書で、この講義を取ることにしたきっかけは……と、延々とどうでもいいような話をしゃべり続けた。彼は失礼なほど俺をじろじろ見つめていて、俺が居心地悪く感じてきたころ口を開いた。

——話し方がかわいらしいですね。

何言い出すんだ、この男、俺がそっちの気を引こうとしているとでも？　ゲイだってばれたって言いたいんだろ、そうだろ、違うのか？　ただそう思っただけなのか？　俺の被害妄想？　俺は無駄にもやっとしたまま黙って口を閉じた。で、また沈黙。アメリカーノのカップの底が見えてくるまでぎくしゃくした時間が流れたとき、彼が突然こんなことを言った。

——うちの母はアルコール依存症なんです。

——はい……はい？

——それで、母を専門病院に入院させたんですが、何度も逃げ出して、今回は閉鎖病棟に入ったんですよ。

——あ……はい。

——治療方法を変えてみてもちっともよくなる気配がなくて。隠れて酒を飲むんです。ベッドの下も酒瓶、カバンの中にも。たまりません。

この男、初対面の俺になんでこんな話をするんだろう。こういうシチュエーションでいったいどんな顔をすればいいんだ？

——そこへきて、このごろはアルコール性認知症の初期症状まで出始めて、会話もままならないんですね。だから、面会に行くのに忙しいんです。三、四日に一度ずつ。

おい、いきなりこれかよ。頭でもどうかなったのか？　突然こっちも大げさなファミリーヒストリーを話さないとならないような気がしてきた。うちの家族はごく普通の中産階級で、父親は平凡な中産階級の家庭らしくこれでもかと浮気をして離婚し、母親は大韓民国の中年層死亡原因一位のがんにかかった患者です、と言わないとなのか。じゃなけりゃ、もっと立派な話をつくってでも話すべきなのか、悩んでからただこう言ってしまった。

——うちの母も病気なんです。子宮がん。手術して入院してまして、僕が看てます。

——あ、そうでらしたんですね。共通点が多いですね。

どさくさにまぎれて母さんの闘病をオープンにしてしまってから、母さんの病気について誰かに打ち明けるのは初めてだったと気がついた。男が俺に言った。

——ところで、ここの講義は初めてですよね？

——はい、どうしてわかったんですか？

——ここでやってる人文学、哲学の授業はほとんど取ったのでね。初めて見る顔だなと思って。こんなにかわいい顔、忘れられるわけがないでしょう。

そう言ったときの彼の表情を今でも覚えている。誰よりも余裕があるように振る舞っているけれど、自信のないまなざし、口ごもる唇の動きが、彼の緊張を物語っていた。俺のほうも戸惑ったのは同じだった。冗談でも俺にかわいいと言ってくれる人は、正社員教育課程が始まってからは一人もなかった。誰がどう見ても全然かわいくないのが、俺の唯一かわいいところなのに。でも、このおっさん、何だろ。こっち側の人って感じじゃないけど。露骨なフラーティングか？ふざけて誘ってんのか。まさかそんなはずない。うちにも鏡はあるが、俺がわざわざコーヒーをごちそうしてまで誘いたくなるようなレベルじゃないってのはよくわかってる。困惑したあまり何を言うべきか思いつかなかった。でも、俺が緊張していること、彼をまっすぐ見つめられないくらいに緊張していて、それを隠そうと必死になっていることだけは切実に感じていた。

彼がそんな俺をあしらうような軽い口調で言った。

——講義の後に予定がなければ、これからもごはんでも食べましょう。

そうやって俺たちは、講義が終わるとアカデミーの近くをぶらぶらして一緒に食事をする仲になった。周辺の地理や店に明るい彼が俺にうまい店（といったところで家庭料理やタクシードライバーが集まる食堂みたいなじじくさい店）を紹介してくれて、俺は彼の密やかな日常に招かれたような、オーバーな自意識に浸っていた（後に彼が単なる知ったかぶりだとわかったが）。彼と一緒のときの俺は、いつもより言葉数が少なく、小食になった。その代わり彼を観察するときは全神経を注いで、手入れされていない短い髪や笑うときに歯の隙間から漏れ出てくる息、気恥ずかしいときは片方だけ上がる眉やサ行のアクセントが強いところなんかをつぎつぎと俺の中に溜め込んでいった。食事をした後はいつも前だけ見て足早に歩く彼についていくために、彼より十センチは短い脚で、けんめいにスピードを合わせて歩いた。そうやって息を切らしたまま地下鉄の駅に着くと、彼が一度も俺のほうを振り向いてくれなかったことにふと気がついて、理由のない絶望感みたいなものに襲われた。

彼を見ていると、とにかくいろんなことを考えた。彼という人について知りたかったし、それよりも彼が俺をどう思っているのか気になったし、それよりも彼がいったいどんな方法で俺の気持ちをかき乱しているのか知りたくなった。俺の頭の中で、いろんな考えや感情がわき上がってきて、秒あたり数千メートルは走ってるような気がして、今まで感じたことのないエネルギーを持てあまし戸惑った。だから俺は、講義用の大学ノートを日記帳代わりにして、彼の日常を、ひいては彼を通じて変化していく俺自身の感情を記録し、探求しはじめた。

記録が増えるにつれて、俺は彼についてそれ以上は知ることができなくなった。

彼は自分が何をしているのかなかなか話さなかったが、どちらにせよ通勤はしていなかったし、人づき合いもほとんどないようだった。彼はときどき特別用件のないメッセージを送ってきて（今日は散歩日和です）、老人みたいに、がんに効く食べ物や免疫力をアップする食品についての記事を送ってきたりもした。とりあえず会話が始まると、それからは一つも目新しいことのない自分の日常や（今日はカントを読んで野良猫にえさをやりました）、母親のアルコール依存症の治療状況や（母が病院を脱出して酒を飲んでからタクシー運転手と喧嘩をしました）、しまいには毎日ごくありきたりな一人分の食事の写真まで送ってよこした（さばの煮込みを食べました）。俺はそういう彼のメッセージにどうにか、あ、はい、大変ですね、ごゆっくりどうぞ、みたいなありきたりな返事しかできなかった。そういう適当なやりとりすら途切れそうになると、彼は無駄にスマイルの絵文字や太った猫のスタンプみたいなのを送ってきて、ぎこちない会話を続かせようとした。そんなふうにしばらく意味のないメッセージをやりとりしていると、突然空気の抜けた風船みたいに何もかもがつまらなく思えてくるのだが、それは彼が、俺に（どんな意味であれ）関心があるのではなく、ただ壁を相手にしてでも何か話したくてたまらないほど寂しい人にすぎないのだと思えてくるからだった。俺は、そういう寂しさの温度を、匂いを、あまりにもよく知っていた。

あのときの俺がまさにそういう人だったから。

2

土曜日の午後、療養病院でヒーリングヨガのクラスを終えた母さんが散歩に行こうとせかしてきた。いつもと何一つ変わらない散歩道だったが。その道を歩く俺の心の温度はいつもとははっきり違ってた。彼が送ってきた紙の束が俺の日常をまるごと変えてしまった。俺はまるで五年ぶりに戻ってきた列車に飛び乗ったような、秒単位の感情の起伏を繰り返していた。とてもじゃないけど、何も手につかなかった。出版社に原稿の締め切りを一週間遅らせてほしいとメールを送った。

俺は母さんと公園に向かった。病院を出て道を渡ればオリンピック公園だった。母さんがよりかかるようにして俺の腕をつかみ、俺たちは腕を組んだままゆっくりと横断歩道を渡った。遠くから見たら俺たちはものすごく仲のいい親子みたいに見えただろう。いつものように十分ほど歩いて湖の前のベンチに並んで座った。

再発したがんほど生存率は低いのだという。どれも二度めだったから諦めることも比較的たやすかった。がんが転移した肝臓の一部と胆道を摘出すると聞いたときも、抗がん剤治療をあと五回することになったときも、一年以上生きる確率が二十パーセントに満たないという結果を聞かされたときも、俺たち親子はさほど驚かなかった。俺は、また勤めていた会社を辞めた。チーム長は事情が変わったらいつでも戻ってくるように言ってくれたが、三十一歳はそんな言葉を額面どおり受け取って信じるほどうぶじゃなかった。

新しく移った療養病院は家から歩いて十五分のところにあった。京畿道《キョンギド》外郭の療養病院に半年近く入院していた母さんと親しくしていた同い年の肺がんの患者が亡くなってから、急いでここに移ってきた。ここは療養病院というよりもホスピスに近いところで、病室も付帯施設もホテル並みにきれいだった。専門の看護師と療法士が医学と代替医療を組み合わせた治療や処置をしてくれて、ここに来てから俺のやることははるかに減った。俺の月給を軽く超える入院費用を思えば、身の丈に合った選択とは言えなかったが、できる限り居心地のいいところで母さんと最期の時間を過ごすのが一番いい方法だと思った。母さんはもう抗がん剤治療を諦め、痛みを和らげる漢方療法やヒーリングヨガ、心を静めるポジティブ瞑想みたいな療養病院のプログラムを誠実にこなした。そうしているうちにも、がん細胞は母さんに似て着々としっかり全身に広がった。痛みの範囲や形態はさまざまに変化するばかりだった。

母さんがトイレに行ってくると言った。俺は母さんを支えて公衆トイレの障碍者用のスペースに入った。母さんを便器に座らせて背を向けた。このところ膀胱付近にがん細胞が転移してからというもの、用を足すたびに痛みを訴えることがぐっと増えた。椅子から立ち上がったり咳をして腹圧がかかると体を支えにくいのか、そのたびに俺を捜した。俺はトイレの扉を見つめながら母さんが力なく小便をする音を聞いた。何度経験しても慣れない瞬間のうちの一つだった。母さんはもうじき死ぬのに今さら恥ずかしいもなにもないといったように堂々とした手つきで俺の差し出したトイレットペーパーでさっと拭いてから下着を引き上げると、はやくズボンをはかせろ、さっさと立ち上がらせろとうるさかった。俺が目をぎゅっとつむってどうにか後始末をしているのを見ると、不機嫌そうな声で、「やっぱり娘を産んでおくんだった」と三十年遅れの後悔を口にした。そしてあきれる俺を待たずに誰よりも豪快に前に歩いていった。さっきまで一人じゃ用も足せなかった人にはとても見えないほどたくましく。トイレに行ってくると、散歩道が遠のくほど大きな声を出して、手のひらをパンパン叩きながら、空気がいいとごきげんだった。

――PM2・5が100を軽く超えてるのに空気がいいわけないだろ。「非常に悪い」って出てるよ。

がん細胞が呼吸器には転移していないのは確かなようだった。母さんが俺の苦々しそうな顔を見て、また愚痴りだした。

――あたしゃ、あんたのうんちのおむつだって洗って育てたってのに、ちょっとトイレ手伝うくらいなんだっていうのよ。でもまあ、そもそもお前に何かを望んだところでね。おばあちゃんががんになったときもそうだった。歩けもしない小さい赤ちゃんがはいはいしていって横になってるおばあちゃんのほっぺを叩いたのよ。引き離してもまたはいはいしていってほっぺを叩いて、扉をしめておくと押して入っていって叩いて。そういう子だからね、お前は。あのときからわかってた。

――おい、いったいいつまでその話すんだよ。

――死ぬまで続けるつもり、文句ある？

死ぬかもしれないカードもそう何度も使われちゃたまったもんじゃない、おんなじ話を何度も聞かされてると俺のほうが先に死ぬんじゃないかと思えてくるぐらいだった。母さんは「もういくばくもない母親にやさしくしてよ、どれもこれもみんなお前のために言ってるんだよ！」と死を宣告された人らしからぬ朗々とした声でつけ加えた。一度嘆き始めると、それはもうとどまるところを知らず、また結婚の話を持ち出してきた。この間結婚したジェヒは元気かと訊いてきたかと思ったら、どこどこの息子はもう子どもが二人いるだとか、独身のころはどうしようもなかった子が結婚してから板橋《パンギョ》にマンションを買っただとか、毎日のように口にしていることをまた言い出した。うんざりするような結婚しろ攻勢だったが、まったく理解できないわけじゃなかった。彼女が一生涯俺を養ってこられたのは、そういう仕事のおかげだったのだから。

俺が十一歳のとき、母さんは常習的な浮気だけじゃ飽き足らず、事業まで食いつぶした俺の実父と思い切って離婚した。一夜にして家長になった母さんは、当時韓国に入ってきたばかりで人材不足にあえいでいた北欧系の結婚情報会社に就職してカップルマネージャーになった。九〇年代末に個人事業主（いわゆるお見合い仲介おばちゃん）が盛んだった結婚業界に、北欧系の会社の先進システムは小さな波乱を呼び起こした。母さんがカバンにつめて持ち歩くチャートの表には、会員の学歴と職業、財産、身長と体重、外見のレベル（？）を点数化したランクが書かれていて、裏面にはエニアグラムやＭＢＴＩなどの心理テストの結果があった。社会的条件や個人の性格上最も適合したカップルを見つけるという、それなりに体系化されたシステムだった。通貨危機以降、江南・松坡《ソンパ》という富裕層エリアに永久在庫として残りかねないでいた男女が本格的に結婚という制度に目を向け始めるや、市場に活気が戻ってきた。母さんは持ち前のおおらかな性格と人づき合いの広さに、頭の回転も速く気が利くおかげで業界でも評判のカップルマネージャーになり、三年もしないうちに個人事業主として独立した。以降、彼女は業界トップレベルの専門家として生まれ変わり、放送通信大学の心理学科に進学し、以前通っていた会社で使っていたチャートを無断で盗用して新しい心理診断リストを追加してからデザインと配列だけをちらっと変えて新しいチャートを開発し、（株）コリアハートフィールドというドイツ系の心理学者の名前をつけた未登録会社を設立、専門心理カウンセラーという公認されていない肩書きをつけた名刺を配って歩いた。子どものころ、俺は働く母さんの後ろで空欄のチャートに落書きして背中を叩かれたものだった。江南エリアの未婚男女がホテルでステーキやパスタ、コーヒーや紅茶を食べて飲んでいる間、俺は心身ともにみるみる成長していった。そのころ母さんと俺は、俺たちが全力でがんばればランク表の最上位圏に安着して、誰よりも北欧的な美しい暮らしをかなえられると信じ込んでいた。

先にその夢を足蹴にしてしまったのは俺だった。二次性徴が始まると、俺がキリスト教的な家族形態にはあてはまらないと悟ったからだ。そして一つの事件が起こった。高校一年のときに二つ上の理系の生徒とキスをして母さんにばれたのだ。場所は（ありがちなことに）マンションの遊び場だった。街路灯の明かりがスポットライトのように降り注いでいるブランコの前で、坊主頭の男子高校生二人がキスをしていて、その場面を見つめている中年女性が一人いた。そう、キリスト教に入信して二十五年になるうちの母さん。現場をまるごと押さえられてしまい何も言い訳できなかった。母さんはドラマに出てくる人みたいに驚いてバッグを落としたり、悲鳴を上げたり泣いたりしなかった。その代わり、何事もなかったかのように、本当に何も起きていないかのように背を向けてマンションの入り口に入っていった。

翌日、彼女は俺を責めたり叱ったりする代わりに自分の真っ赤な軽自動車マティスに乗せた。それから京畿道楊州《ヤンジュ》のとある精神科病院に俺を入院させた。嫌だときびすを返す俺の手首を力強く握って、誰よりもやさしいまなざしで言った。

——あたしが思うに、お前の心に怒りがたくさんあるのよ。心配しなくていい、あたしがこのままにはしておかないから。

そうやって俺は閉鎖病棟に入院した。毎日午前に血液検査を含むさまざまな検査を受けて、毎食八錠を超す薬を服用した。午後になると大部分は集中的なカウンセリング治療を受けた。古い病院の冷房施設はうまく回らず、股や脇が汗で濡れて制汗剤やシャワージェルがないから、自分の体から立ち上る臭いをそのまま嗅いでいる日々がほとんどだった。俺と同室だった四十八歳のキム・ヒョンドンさんの場合、間欠性爆発性障害と軽い統合失調症だったが、起きているときはやたら独り言を言っていて、寝ているときはひどいいびきをかいていた。それに薬の副作用なのか何度もおならをして、ほかの人よりも若干潔癖症ぎみの俺をうんざりさせた。古くて穴の開いた防虫網からしょっちゅう蚊が入ってきて、夜も熟睡できなかった。どうにか眠りについても夢ばかり見ていた。

夢にはいつも一人の女が出てきた。髪の毛をてっぺんで結わえていて、真っ赤なマティスを運転する女。女は目を閉じたまま運転していた。女の運転する車のスピードがどんどん速まった。まだまだかかりそうだよ、ものすごく忙しいんだな、あなたは。

目覚めると、まるで俺が夜通し運転したように疲れていた。二週間いくつもの検査と持続的なカウンセリングを経て最後に医者が下した結論は一つだった。俺が戦争被害者と同じような強度のトラウマを抱えているというのだった。臨床心理療法士の所見もそれと似たものだった。俺は十六年（つまり一生）の間、母さんの人生の代理物として、自分の心理的な欲求を抑圧しながら生きてきたのだそうだ。俺たち親子の間に起きたいくつかのエピソードを聞いた専門医は、俺じゃなくて母さんの治療を急ぐべきだと結論づけた。保護者を呼ぶ条件で、俺はやっと、文字どおりやっとそこから抜け出せた。またソウルに戻る日、母さんは車の中で俺にメモを一枚よこした。

レビ記二十章。かならず死ぬべき罪：十三節、人もし婦人と寝るごとく男と寝ることをせば是その二人憎むべき事をおこなふなり二人ともにかならず誅さるべしその血は自己に帰せん。

——気持ちは少し落ち着いた？

——俺じゃなくて母さんが病気なんだって。医者がそう言ってた。

家に帰ってくると、俺と理系生徒の関係はすっかり整理されていた。俺の携帯は廃棄されていて、新しい携帯の連絡先には母さんの番号だけが保存してあった。あたしが全部片づけたから、という母さんには、仕事を片づけるような社会人の事務的な態度が感じられた。

家の近所の総合病院で二回まで治療を受けると、母さんはカウンセリングと薬物治療のどちらも拒否した。カウンセラーを代えてくれるという病院の提案も断った。その必要はないと。自分はすでに死罪でもって許しを得たのだと、だからこれ以上問題はないと言った。医師からそれを伝え聞いた俺は母さんに尋ねた。

――後悔しない自信あんの？

母さんはなんの価値判断もせず呆然と俺をちらっと見るだけだった。それからこう言った。

――誰にも言うんじゃないよ。世間様に恥ずかしいからね。

いったい何が恥だというのだろう。二つ上の先輩とキスしたこと？　それで夏休みの間精神科病院に入れられたこと？　頭のイカれた女の息子として生まれて十六年間彼女を支えて生きてきたこと？　そのどれを秘密にしろっていうのか見当がつかなかったし、だからこそ、そのすべてを秘密の領域にしておこうと決めた。

こうして沈黙によって手放し、諦めることを学んだ俺は、夏休みが終わってから何事もなかったかのように日常に復帰し、いつもの受験生に戻って暮らした。他人の目にはごく平凡な人生に見えたかもしれないが、実際は誰よりもどす黒い毒気をはらんでいた。俺と同じ屋根の下で眠っているあの女が年老いて病気になったら、京畿道の人里離れた森に捨ててやる、生きたまま、狂った獣たちの餌食になればいい、と言い聞かせ、また言い聞かせてその時期を耐え忍んだ。

その決心が揺らいだわけじゃなかった。

久しぶりに夢見が悪かった。今日にかぎって結婚しろ攻勢の長いことったらなかった。口数が増えるととにかく止まらなくなる母さんの習慣は、そばにいる人をいらつかせるに十分だった。

——三十も過ぎて、女の子一人うちにつれてきたことないんだから。

——つき合ってる人いないし。

——誰かいるって言ってたじゃない、こないだ。

——もう五年も前のことだよ、今はいない。

母さんのいう「誰か」というのがその彼だった。かつては俺のそばにいたけれど、今はいない人になってしまった彼。五年ぶりに連絡をよこしてきたのをどうして知ったのか、突然彼の話を持ち出してくるなんて、どういうわけだよ。

母さん、仲介人じゃなくて霊媒師になればよかったのに。そしたらテナントじゃなくて、ビルごと買えたんじゃない？

＊

「感情の哲学」四回めの講義のテーマは「何かに限りなく夢中になる心」だった。

その日、彼が俺をつれていった場所はアカデミーの近くにある刺身屋だった。刺身でもごちそうするから一杯やろうと言った。酒と肴を断るはずのない俺としては、無条件にありがたい申し出だった。彼の下心を知る前までは絶対に俺のときめきを悟られまいと決心して、彼と向かい合って座った。彼の行きつけなのか、注文もする前からヒラメとメバルの刺身にあらで煮込んだスープの中サイズセットが運ばれてきた。俺は焼酎二本を追加した。彼の後ろに水槽がいくつか置いてあるのが見えた。魚はみな売れてしまったのか、空っぽの水槽に気泡だけがぶくぶくあがってくる光景は、なかなか物寂しいものがあった。彼はウェットティッシュで手を拭くと、ぼうっと前を見ていた。骨節の太い指にはやはり蛇のしっぽのような入れ墨が彫ってあり、ほとんど毛のない手首と二頭筋、三頭筋が適度に発達した前腕、小さな耳たぶに、とがった耳とシャープなあごのラインをくまなく舐めまわすようにチェックしていて彼と目が合ってしまった。俺はあわてて目をそらして、たいして気にもしていないことを尋ねた。

——ところで哲学の講座をどうしてそんなにたくさん取ってるんですか？

——世の中の原理に関心があるもので。

——クリエイティブなお仕事をされてるだけあって、マクロ的な関心なんですね。

そして沈黙。緊張しているせいで考えもせずに口にしてしまったが、あまりにも無礼な言い方だった気がして悔やまれた。でも、彼は俺の口調なんて気にもならなかったようで、ただしばらく悩んでいるような表情をしてから、ものすごい秘密を打ち明けるように慎重に口を開いた。

——実は、哲学書を作ってるんです。

——はい？

——哲学書の編集をしてるんですよ。もともとは会社で働いてたんですけど、今はフリーでやってます。

――あ……そうだったんですね。

男が、思っていたよりもずっとまともな職業だったことに、失礼なほど驚いてしまった。振り返ってみれば太極旗が刺繍してあるバックパックの中にいつも紙の束や赤ペン、黒いプラスペンやきれいに削られた鉛筆の入った古いペンケースが入っていたのは、誰が見ても出版関係の編集者そのものだよな。まあ、気づきってのはいつだって遅れてやってくるものだから。

――いつからか宇宙の原理に興味を持つようになったんです。知りたいじゃないですか。この世はどうしてこうなってるのか、俺はなんでこのザマなのか、このでかくて広い世界に星ってのはなんでまたこうもたくさんあって、俺という存在はいかに取るに足らないものなのか、みたいなことをね。

――ですよね。人間はちっぽけですよね。ほんと取るに足らない存在ですよね。

その中で何より取るに足らないのが、そのクソ哲学ってやつだけど。彼は深くため息をつくと、続けてこうつけ加えた。

――そういうことを考えると、どこまでも寂しくなるんですよ。

どこまでも寂しいと言う彼の目は本当に、あまりにも寂しくてうつろな感情にすっかり浸っているようで、俺はいったいどう返事をしていいかわからなかった。彼の前では二十五年間俺が身に着けてきた社会的スキルなんてどれも無力に思われて、ひたすら箸をせわしなく動かしながら前のめりにヒラメやメバルの刺身をつまむほかなかった。男は箸を口に当てたまま、そんな俺をじっと見つめて微笑んだ。歯に何かはさまったのか、なんで人が食ってるのを見て笑ってんだよ、と思ったころ、男が言った。

——あなたが今食べてるのはなんだと思いますか？

——ヒラメですよね。あれ、メバルかな？　魚ってあんまり見分けがつかなくて。高いのはみんなうまいですよね。

——そのとおりだし、間違ってもいる。あなたが食べているのはメバル、でもそれは単なるメバルの味じゃないんです。舌先に広がるのは宇宙の味でもあるんです。

——はい？　あのいったいどういう（クソみたいな）話なのか……。

——僕たちが食べているメバルも、僕ら自身もみな宇宙の一部じゃないですか。だから宇宙が宇宙を味わっている過程ってことです。

——ああ……。

——僕らはみな宇宙で、宇宙の一部だから、生きて動きながら関係をつくっている、これって不思議じゃありません？

よく見ると、男の目つきは若干いっちゃってるようでもあった。得体の知れない宗教団体の人か何かなのか？　いつだったか私設団体の授業やアカデミーにはありとあらゆる雑魚どもが流れ込んでくると聞いたことがあったのを思い出した。いざとなったら逃げだすつもりでカバンの紐を握っていたが、幸い変なところにつれ込まれそうな気配は見当たらなかった。会話のテーマが宇宙や存在にまで広がってしまうと、もう何も話せなかった。俺も知らないうちにまた男の指の入れ墨をじっと見ていたのだが、男があわてて袖を引っ張って隠そうとした。もちろん隠れなかった。

——入れ墨かっこいいですね。初めて見たときから気になってたんです。なんの絵なのかなって。

——高校のときにバイクで事故った傷跡を隠そうと思っていれたんです。

——あ、そうだったんですね。

——遊んでばかりの不良とかっていうんじゃないですよ。

——なるほど、遊び人とかっていうんじゃなかったと。

そしてまた沈黙。宇宙よりも重たいぎこちなさに耐えきれなかった俺は、注文しておいた焼酎を仕方なく一人で全部飲んでしまった。男は俺の酒が足りないと思ったのか、ひたすらお酌をしてくれて自分もすすり、俺たちは結局刺身一切れを口にしては盃を交わしあい、すぐに顔が真っ赤になってしまった。男が静かにつぶやいた。

——より透明なのがヒラメです。

——はい？

——二つのうち身がより透明なほうがヒラメだ、と思えば見分けがつきやすいはずです。もっともちっとしてるのがメバル。

——じゃあ今日から僕のことメバルって呼んでください。もちっと。

酔った俺は人間とも言えない、たったいま俺何て言ったんだ、マジ終わってる、と思っている途中に男がまたまじめな顔で答えた。

——いや、ヒラメって呼ぶつもりです。中身が丸見えだから。

酒に酔った男はそうじゃなくてもゆっくりしたしゃべり方がもっと遅くなり、ちょっとかわいくなっていた。俺は男のかわいくて訥々《とつとつ》とした声を聞きながら、ヒラメなのかメバルなのかわからない白身の刺身を一切れずつ食べていた。すでにふわっと酔いがまわっていた俺は、なぜか母さんのことを思い出した。がん宣告を受けて以来なまものは禁止されて、もう半年近く大好きな刺身を食べられないでいる彼女。手術が終わり完治したら一緒に来ようと、がらにもなく孝行息子っぽいことを考えていた。そしてすでに食べ散らかした塩焼きのサンマの身をほじくり返しながらつぶやいた。

——うちの母さん、魚の骨はいつもきれいにとってくれたのに……。

彼が突然魚の骨をとりはじめると、肉厚のサンマの身を俺の白いごはんの上にそっとのせた。

——いやいや、そういう意味じゃなかったんですけど。なんか、すみません。

——好きみたいです。

——僕もです。サンマ、うまいっすよね。

――サンマじゃなくて。あなたという宇宙が。

溶岩をかぶったポンペイの恋人たちはこんな気分だったのだろうか。ものすごい熱いものが俺に覆いかぶさり、一瞬にして世界が止まってしまった。スピノザが区別していた感情は四十八種類。そのうち今俺が感じているのは何なんだろう。欲望だろうか、喜びだろうか、驚嘆だろうか、当惑だろうか。彼が俺に感じている感情は？　好奇心に基づいた軽蔑だろうか、じゃなけりゃ俺と同じ類いのものだろうか。俺は「感情の哲学」の講義で学んだいくつかのキーワードを思い浮かべ、どくどく波打つ心臓を落ち着かせようとしたがだめだった。水槽の青い照明のせいなのか、彼の顔がさらに青ざめて見えた。影のかかった彼の顔が誰よりも物寂しげに見えると思ったときは、すでにあらゆることが手遅れになってしまった後だった。彼の顔が徐々に大きくなって近づいてきて、俺は彼の唇にキスしてしまった。

彼の唇から今まで一度も感じたことのなかった味がした。生臭くてねっとりしたメバルの味。もしかしたら、宇宙の味。

その日の夜、俺たちは一緒に彼の家に向かった。

＊

明かりの消えた部屋で彼を抱きしめて横になった。

一日中キャップをかぶっていたせいで、ぺちゃんこになった髪の毛とがちがちに凝っている首と、ほかより体温の低い背中の入れ墨の痕をさわった。彼も俺の肩を包み込むようにして抱いた。俺たちは小さな隙間もないくらい互いをぎゅっと抱きしめたまましばらくじっとしていた。そしてやっと俺の体や胸の形、腕の長さみたいなのは彼とぴったりくっつくために存在するんだと思えたし、俺の胸に届く彼のあたたかい頭が、額が、まるで宇宙を抱いているみたいに大きくて大切なものに感じられた。肌で感じる彼の体温と耳元で響く呼吸に集中していると、いつのまにか俺は我を忘れてしまった。

俺は俺ではない存在に、なんでもない存在のまま一瞬にして彼という世界の一部になってしまった。

＊

セックスを終えてから彼が言った言葉を今でも覚えてる。

——スピノザは肺病にかかって死んだんです。

——講義にそんな話でてきました？　結核かなにか？

——貧しくて、レンズを磨く仕事をしていて肺にガラスの粉が入って死んだんだそうです。あの人は学者たちの間で仲間外れにされてたらしい。だから教壇にも立てなかったし、臨時の職場を転々として結局はそうなってしまった。

――悲しい話ですね。

――だから僕も安定した仕事をしてるんです。芸術が、信念が人間をダメにしてしまうのをたくさん見てきたのでね。

人間をダメにしてしまうほど芸術の何がそんなにすごいと言うのだろう。それに、スピノザは芸術ではなく哲学をやっていたのではないか、という疑問がわいたが、口には出さなかった。彼がものすごく深刻な表情で、ちっとも気にならないし重要とも思えない話をだらだらと続け、俺はそれに耳を傾けてるふりをした。そんな中でもベッドの枕元で空気清浄機が休む間もなく動いていた。俺はそれを見て言った。

――ここの空気はきれいでよかったですね。

彼のツールームの半地下の家は遮光カーテンがかかっていて洞窟みたいに暗かった。広いスペースに、ものすごくたくさんのものがつめ込まれていて息苦しかった。大きな本棚には知らない名前の哲学者たちの全集が揃っていて、二つしかない部屋には空気清浄機と除湿機、エアコンがそれぞれ置いてあって、人間工学にもとづいた椅子と北欧風のソファ、テーブルセット、新品に見えるラグが敷いてあった。

――部屋、なんかすごいですよね。高そうなものも多いし。

――うちの母がジャスミン・ブラックだったんです。

——それなんですか？

——デパートでたくさんお金を使うとつけてくれる呼称みたいなもの？　ＶＩＰってやつです。

——あ……はい（ここまでさくっとした自慢もまた久しぶりだな）。すごいお金持ちなんですね。

——一時はそうだったんだけど今は違うんです。前話しましたよね？　母親がアルコール依存症だって。母親の酒癖がショッピングで。ここのエアコンや除湿機も二台ずつだし。本棚とソファもみんな母が酔っぱらって買ったんです。

——たいした酒癖ですね。僕が酒飲んで騒いだり、男にキスしたりすんのなんて朝飯前ですね。

俺的にはジョークのつもりだったが、再び暗黒よりも重い沈黙が訪れた。

——それでうちは完全に傾いたんです。生まれてから大学まではずっと狎鷗亭《アックジョン》のマンションに住んでて、今はこんなところでこうしてる。

なんと返事をすればよいのやら。でもこの程度なら食べていくには十分じゃないんですか、がんにかかって死ぬかもしれない危機にあるわけじゃないし、昔狎鷗亭に住んでいたなんてよかったですね、とも言えないし。人の育ちというのは無視できないから、俺も習慣のごとくこの程度の家の大きさに狎鷗亭洞出身でフリーランスの編集者ならどのあたりのランクになるのかチャートの基準に合わせて計算してみた。結果は？　ご入会いただけません、お客様。でもそういう俺もそこそこの四年生大学の仏文科を出たプータローに過ぎないから、俺たちはまさに史上最強の負け組カップルみたいなもんで、それすらもなんだか運命みたいに感じてしまうあたり、やっぱ俺はいっちゃってるなと思った。

そうやって彼を抱きしめたまま息遣いを聞いているうちにうとうとした。俺が目覚めたころに彼のほうも目を開けて体を動かした。俺たちはどちらからともなく姿勢を変えて横になり互いに見つめあった。

——僕がこっちの人間だってわかってたんですか？

——ええ、初めて見た瞬間からわかってました。

——うちらがこうなるってことも？

——ええ、それも初めから。

いったいどこから来る自信なのかわからなかった。自分はこの世で一番男らしく魅力的な人間で、俺のことは、ただゲイっぽいのが（何かはわからないけどもしそういうのがあるのだとしたらそれ）ばればれな人にしておいて、自分はまるで、ゲイお断りのインテリぶった自己中《チュー》オヤジみたいな顔してるところは鳥肌が立つくらい嫌だったが、そんな彼にあっというまに夢中になってる俺の心は止められなかった。彼を知るために、その矛盾を分析するために、彼の言葉に耳を傾け、彼のあらゆる言動をつぶさに観察し、記録し始めた。万年、学位論文を書いてる大学院生みたいに。追いつめられながら、哀れにも。

*

その夏、俺は完全にいかれてた。狂ってたし、はまってた。真夜中になると必ず彼から電話がかかってきたし、俺は病室で眠っている母さんを置いて、夢中でタクシーに飛び乗った。オリンピック大路の街路灯の明かりがハンコを押すように俺の顔を照らし、俺はレーシック手術の副作用で、ゆれるように光が広がって見えるのを、夢うつつのように感じながら街路灯を五百個くらい過ぎていった。一万五千ウォンを超す料金を払い、タクシーから降りると彼の家が見えて、鉄門を叩くと錆びたちょうつがいから鳴き声のような音がして、そしてやっと、俺よりも十センチは大きい彼がドアを開けて出てきた。

——お帰り。

気恥ずかしそうな声。暗いところで見ると目がぎゅっとくぼんでいて、唇が突き出てる顔がたまらなくかわいくて、俺は玄関に足を踏み入れる前からもう彼の顔にふれた（彼は嫌がった）。

その日の夜、俺たちは鶏の足の激辛炒めをデリバリーして焼酎を飲んだ。二人で焼酎を三本全部は空けられなかったが、彼は顔が赤くなったまま俺の膝まくらに横になった（俺のほうは少し飲み足りなかった）。彼はゆっくりと自分の家族について話した。狎鷗亭の裕福な家の生まれだったものの、アルコール依存症の母親に耐えかねて父親は早くから家を出ていき、姉は若くして在米韓国人と結婚してバージニアに住んでいるという。大学のときからずっと母親と二人で暮らし、彼女を入院させてからは一人暮らしを始めたそうだ。俺はだんだんと熱くなっていく彼のうなじや後頭部を感じながら彼の話を聞いた。俺も母さんの看病中とあって話したいことはたくさんあった。特に年をとればとるほどエスカレートする短気な性格と、秒単位で変わる感情の起伏の激しさには耐えがたいものがあるというのが俺たちの共通した意見だった。しばらく張り切ってしゃべっていた彼が一瞬静かになったと思って見下ろしてみると、眠っていた。なんだよ、メルちゃん人形か？　こんないきなり寝ちゃうとかってありかよ？　彼は突然何回かびくっとうごくと、母さん、とつぶやいた。目から涙が一筋流れ落ちた。寝言すらもなんともスピーディーで大げさだなと思い、もういい年の男が母親を呼びながら泣いてるっていうのが笑えた。俺は眠る彼の頭をやさしくなでた。

彼がしょっちゅう自分の家族や成長過程について話すのを聞いていると、居心地が悪かったが嫌な気はしなかった。家族の話をするときに、自分の感情に酔ってまるで演劇俳優にでもなったように振る舞うのがおかしかったし、等価交換の法則みたいに俺の話もしないとならないのが負担ではあったけど、彼の人生を知れたのはよかった。いくつもの夜、彼の話をいつまでも聞いていたかった。そして、俺の頭の中で穴がぽこぽこ開いたまま大きくなった彼という存在のパズルを完璧に合わせてみたかった。俺の知らない彼の人生、俺が知らない彼の習慣、俺の知らない彼の呼吸までをも、すべて再構成して俺のものに作り上げたかった。

こんなにも熱い俺の心の悩みなんて知る由もないまま、彼は俺の脚がしびれるまでぐっすり眠り、誰かに自分の名前でも呼ばれたかのようにぱっと目を開いた。しばし息を整えている彼に言った。

——よだれ垂らしてましたよ。

彼は何ともいいようのないかわいい顔で口元をぬぐった。のっそりと起きあがって（おそらく彼の母親が買っておいた）スタイリッシュなナイトスタンドをつけた。ほのかな照明が彼の体を照らし、俺は彼の体を覆っている入れ墨の正体を知った。指先に描かれていたとがったラインはしっぽじゃなくて根だった。彼の腕にそって胸と背中まで大きな木が描いてあった。『星の王子さま』の一ページで見たような、小さな惑星を覆いつくすような大きな木だった。

——バオバブの木ですか。『星の王子さま』に出てくる。

——いや、生命の木です。

——というと？

——たいした意味はなくて、僕が勉強した宇宙の構成原理を込めたものです。

男は、宇宙は一つの巨大な木と同じだという東西洋の聖樹神話を混ぜ合わせたでたらめな哲学を謡い、目に見えない季節や死、再生みたいな単語を並べまくっていたが、俺から見ると、ただ若いころに少し遊んでた痕跡をいかにもそれっぽく見える絵でカバーしたようだった（それに別にそれっぽくもなかった）。それもそのはず、巨大な木の間にぼんやりと般若みたいな柄や赤い薔薇、蓮の花や龍が描いてあったが、どう見てもそっちはもう少し古い未完の入れ墨の痕に見えた。

――普通の入れ墨の上に木を描いて覆ったんじゃないんですか？

――うわ、怖いな。どうしてわかったんです？

――節穴じゃないんで……。

彼は高校のときに日本からやってきた「知り合いの兄さん」(彼は社会各界各層に知り合いの兄さんがいた)から和彫りの入れ墨をいれてもらうことになった。でもすべて彫る前にその兄さんが懲役刑になり、結局未完のまま残ったのを最近になって補完したのだという。

――でも、今どきの子も和彫りの入れ墨ってわかるんですね？　僕らのころの流行りだけど。

知り合いの兄さんとか、今どきの子とか。単語のチョイスからしてやたらオヤジくさいなと思ったが、話してるうちに一回り上だとわかった。K大学・九五年入学。七六年生まれ、辰年。世代ギャップを感じて当たり前の十二歳というものすごい年の差にもかかわらず、彼のことを好きな気持ちはこれっぽっちも揺るがなかった。彼がひげの出てきた俺のあごをなでながら言った。

――こうやって明かりを消して部屋にいると。

――ええ。

――宇宙に僕ら二人だけが残っているみたいな気分です。

――ちょ、かんべんしてくださいよ。

彼の家で会話をしていると、まるでギリシャ悲劇や不条理劇、でなけりゃ八〇年代の映画のセリフを朗読してるような気分になることがあって、彼が存在や宇宙哲学みたいなテーマが好きなせいもあったけど、丁寧語を使うせいでよけいにそう感じられた。それが嫌じゃなかったし、ほんとはそういう俺たちの姿を、なかなかかわいいじゃんと思ってた。情けないことに。

日が昇るころになって、彼と俺は鳴き声のような音を出す彼の家の玄関の扉を開けて出てきた。彼の家の隣のテナントビルにはクリーニング屋が入っていた。早朝にクリーニング屋が開いているときは彼は俺の二歩後ろから歩いてきて、閉まっているときは俺の小指をつかんで歩いた。手をつないで歩くのが好きで、わざわざ早めに家を出ることもあった。そうやって大通りまで出た俺たちは、バス停に始発が来るまで肩を並べて座っていた。俺がバスに乗ると彼が俺の背中に向けて手を振った。俺は一番後ろの席に座って振りかえり窓のむこうで彼がずっと手を振っているのを見た。うつらうつら眠っている人の間で、後ろを振り向くたびに手を振っている彼の姿が徐々に小さくなっていった。バスが角を曲がって完全に見えなくなってしまうまで、俺の後ろ姿が彼の視野から完全にいなくなってしまうまで、ずっと俺に手を振っている彼。俺の後ろ姿をあんなにずっと見つめていてくれたのは、彼が初めてだった。

俺はしばらくの間、いつどこにいても、何をしていても彼が俺の後ろで手を振っているような妄想にとらわれていた。そうやって浮ついたまま日常に着地した俺は、ちょうど掃除が終わり、ちり一つない病院の廊下を通って忍び足で用を足して、夜通しちゃんと眠れなかったと愚痴る母さんの声で一日を始めた。

＊

十二週間のアカデミーの講義が終わってからも俺と彼の関係は続いた。

彼と会えるのは真夜中の数時間にすぎなかったが、俺の一日はその短い時間によって完璧に支配された。彼に会っていない残りの時は、彼がどこで何をしているのか考えていた。母さんのいらいらにつき合いながら看病しているときも、自己PRを書くためにどうにか話をつくりあげているときも、俺は彼の影響下にあった。一万回は歩いたであろう通りを歩くときも、俺は彼の影響圏内にいた。彼の目で俺の日常空間を見つめてみたくて、つま先立ちで歩きながら彼の視線で通りを見下ろしてみた。彼ならどんなことに興味を持つだろうかと、そして彼と一緒に何ができるだろうかと悩みながら、ぴりぴりしながらこの世のあらゆる刺激を受け入れた。普段はなんてことなく通り過ぎていたGAPの店内に入ったのも、そのせいだったのだろう。1プラス1で売っているTシャツが目についた。同じデザインのXLとXLサイズのTシャツを買ってカバンに入れた。彼のなめらかで冷たい背中に俺の買ったTシャツがふれるシーンを想像しながら、ふと微笑んでみたりしたんだった。

そしてその日の夜、彼の家でTシャツを取り出した。同じデザインの色違いのTシャツを受け取った彼の顔色が一瞬にしてさっと変わったのがわかった。

——こういうのは着られないですよ。

——あ、やっぱお揃いのTシャツ着るのはちょっとあれですよね。それじゃ家でだけでも……。

——それもそうですけど、星条旗がついてるからです。

——はい？

——ヨンさん、僕はこういう柄の入った服は着ないんです。見てると、ヨンさんはなんの問題意識も持たずに、こういう象徴を着て歩いてるみたいだけれど。戦犯国の国旗みたいなのを。そんなにアメリカが好きなんですか？

——あ、えっと、特にそういう意味じゃないです。

——聴いてる音楽もそうだし。

——俺はただ、ディーバが好きなんです。ゲイはみんなそうでしょ。ブリトニーとかビヨンセを嫌いなゲイなんていないし。

——誰のことですか？

——うわっ……。

彼はアメリカの、米帝のあらゆるものが嫌だと言った。

——米帝ですか？

——そう、米国の帝国主義。

帝国主義。高校卒業して以来初めて耳にした単語の前で俺は、どうしていいかわからなかった。ただめんくらったまま、彼の断固とした表情を見つめているだけだった。何か大きなミスをしでかしたような気がしたし、俺のＴシャツやキャップに刻まれた星条旗が初めて恥ずかしく感じられた。俺のノンポリぶりが恥ずかしかったというより（んなもの恥ずかしいと思ったことなんてないし）、馬鹿で考えなしの俺の本当の姿に愛想をつかされてしまうんじゃないか、それでもう俺と会ってくれないんじゃないかと怖かった。当時の俺は、どうすれば彼が俺のことを好きになってくれるかを考えるのにあらゆる神経を使っていたし、必要ならば自分の価値観だって変える心づもりができていた。その日俺たちは初めてセックスをしない夜を過ごした。何一つ一緒に食べなかったし、会話は上滑りして互いの間に流れていた距離感は狭まる気配を見せなかった。

いつもと同じような点といえば、彼が、明け方近くまで俺にアメリカが世界に及ぼす弊害についていちいち教えてくれたところかもしれない。経済や文化全般に及んでアメリカが世界を掌握していて、ハリウッド映画がはらんでいる覇権主義や新自由主義、文化事大主義といった社会の教科書に出てくる単語を並べ立てた。俺には、そんなのはたいして関係なかったし、ただ彼を抱きたいだけだった。彼に抱かれて互いに言葉なんていらない状態になりたかった。そして全身で彼の体温や心拍みたいなものに集中したかった。彼はそんな俺の気持ちなど知りもしないままピリオドでも打つみたいにこう言った。

――ヨンさんは、僕がどんな世界を生きてきたか想像もできないはずですよ。そういうあなたも俺の世界なんて知らないだろ。知ろうともしないし。

喉元までこみあげてきたその言葉を口にはできなかった。そんな類いの言葉が当時の俺たちにはかなり決定的なものになってしまう気がしたから。それは、彼と俺の肉体的な距離をさらに遠くしてしまうだけだから。

*

俺が彼にはまっている間、母さんは「がんの完治」という目標に向かって持ち前の誠実さを発揮していた。二度の大小の手術を経験した母さんは（自分の頭の中だけでは）、この世で一番のがんの専門家になっていた。巷のがん関連の本を読み漁り、ネット上のコミュニティに加入してがんに関する最新情報をアップデートし、乳がんはサムスン病院の誰、子宮がんはアサン病院の誰、肝臓がんは誰という名医リストにも精通していた。俺は子どものころ、俺の大学入試カリキュラムを作成していた母さんの生き生きした姿を一瞬思い出した。同時に、俺の大学入試の成績表を受け取った後の絶望的な表情も思い出した。どうしようもない成績を出してからは俺への期待をきっぱり捨てたように、母さんはリンパ腺までがんが転移し、追加手術を受けなければならないという結果を素直に受け入れた。あらゆることを神の思し召しに任せるのだと言った。

神の意思は奇妙なもので、これまでの手術とは異なり三次手術は経過がよくなかった。胆道がつまって摘出部に炎症が起きて熱が四十度まで上がり、二週間、食べても吐いてばかりで体重が四十五キロまで落ちた。看病をしていた俺もついでに痩せて、十分単位の吐瀉霍乱を経験し、人生とはこっちの病室からあっちの病室へ移動するだけなのかもしれないという悟りにたどり着いていた。半強制的に母さんのそばに一日中ついていたから、なかなか彼と会う時間はなかった。ときどき電話で話すしかなかったし、それすらも、彼が並べ立てる形而上学的なたわごとを聞かされるのがおちだった。彼の答えのない苦悩を聞きながら、現実的な問題は棚上げにしたまままはるか遠くばかり眺めている生き方は、もしかしたら毎日酒を飲んで物を買ってくる母親の奇癖による無気力症の一種と同じなのではないかという精神分析までするようになった。やはり苦難は人を成熟させるようだ、と思いつつ、俺のくずみたいな現実をねぎらった。

母さんの場合は、からだの痛みを少し別のやりかたで受け入れたみたいだった。彼女は追加手術をして以来、分離不安症レベルで俺に執着した。目を開けるたびに俺を捜し、俺が食べさせてやらないと何も食べようとしなかった。俺は母さんに食事をさせ、母さんを支えて用便をさせて、母さんの吐いたものをふいて、付添人用の簡易ベッドに座って一日に五千字から一万字ずつ「自伝的小説」を書いた。

母さんが一般病棟に移ってからは看病人を雇った。これ以上我慢していたら母さんよりも俺が先に神のふところに抱かれかねないと思ったし何よりも、

彼にふれたかった。

きっかり二週間ぶりに彼に会ったとき、俺は走り出したいくらい幸せだった。そうやって、つき合って半年ぶりに俺たちは初めて人の大勢いる真昼の通りで向かい合った。真昼の彼は、夜に見るときとは少し違う気がした。つやのない彼の肌は日差しのもとでかさついているように見え、切れ長の目の一部だとばかり思っていた目じりのラインが深くきざまれた目元のしわだったのはたいしたことじゃなかった。大勢の人の中での彼はなんとなくうつむき加減で、何発か殴られたようにうなだれていた。悟られないように努めていたが、彼が俺と一緒に歩くのが苦手なのはわかっていた。そんな彼の態度にさみしく思う気持ちがなかったといったら嘘になる、でも、だからといって彼への熱い思いが冷めたり引いたりはしなかった。むしろ、形を変えて切なさや物悲しい同情に近い気持ちへとふくらんでいった。二十六歳の俺と三十八歳の彼は、江南大路を並んで歩きながらときどき偶然のように小指がふれて、でも決して互いに顔を見ることはなく、それでも横目で互いを感じながらなんてことない話をして笑った。そうやって自分なりに甘いムードに酔いしれているとき、誰かが俺を呼んだ。前の会社の（俺の代わりに正社員になった）同僚だった。俺は（内心毒づきながら）嬉しそうに挨拶を交わした。元気にし

てるか？　俺は相変わらずだ……彼は俺と同僚の二歩後ろに立ってスニーカーで地面をがりがりやっていた。横目で彼を見ながら誰なのかと尋ねる同僚に先輩、と答えた。同僚と俺と彼の誰もが多少ぎこちない姿勢でぺこっと頭を下げた後、ぎくしゃくしたまま別れた。同僚が去ってから俺たちの間に深い沈黙が漂った。二十六歳の俺と三十八歳の彼がいったいどういう先輩後輩になるのか、そんなことを思うと心がざわついたが、複雑にしようと思えばいくらだって複雑にできるのが人生ってもんなんだから、考えるのはやめようと決めた。

それからこんな日もあった。病室に看病人が来ると、すぐさまタクシーに飛び乗った俺は、まっすぐオリンピック公園へ向かった。彼はいつものように黒いキャップにバックパックを背負っていたが、腕まくりした白いシャツと白浮きのひどい日焼け止めクリームのせいで首と色の違う彼の顔がデートへの期待感を物語っていて、そんな彼が愛おしくなってどうしようもなかった。平日の午前、オリンピック公園にはそれほど人もいなかったし、俺は誰も見ていない隙を狙って彼の手の甲に口づけした。彼は手をすぐに引っ込めながら、何するんですか、と言ったが、嫌じゃない顔だった。でも不安な気配は隠せなくて俺たちは十五センチほど離れたまま並んで歩いた。ちょうど咲き始めた桜の花の下を一緒に歩き、風が吹くたびに雪のように花びらが舞い散った。人工湖は穏やかでPM２・５なんかなかったし、周囲はときどき若い夫婦がベビーカーを押しながら通り過ぎたり、老夫婦が手をつないで散歩道を歩いていった。彼は花壇のそばに立つとレンギョウを摘んできて自分のシャツの胸ポケットに挿し込んだ。両親の日の親にしてあげるような行動に俺は少なからず驚いた。

――ねぇってば、なにしてんの、いったい。

――人前でそんなふうに呼ばないでくださいよ。

――兄貴がしてることのほうがずっと恥ずかしいって。

――そんなふうにくっついてくるのもちょっと。（ゲイだって）いちいち言いふらして歩く必要ないでしょう？

――だって全宇宙が知ってることなのに？

どうでもいいことでいじけた俺は、彼と三歩ほど離れて歩いた。彼が近づいてきて自分の胸ポケットのレンギョウを俺の耳にそっと挿すと、iPhoneで俺の写真を撮った。俺は写真を見るふりをしてふざけて彼を抱きしめ、彼は本気で嫌そうな表情をしていきなり走り出した。俺はそんな彼の姿を見ながら傷ついたりかわいいと思ったりイラっとしたり秒単位の感情の起伏を繰り返した。それでも春のオリンピック公園だけは涙が出そうなくらいきれいで、俺はこのどうしようもない感情の起伏が天気のせいなのか、一日中患者を相手にしてるからこっちまでどこかおかしくなったのか、そんなことを思いながら葉っぱなんかを耳にはさんでみたりして、世間の人たちがやってる無邪気なことをみんなやってみた。

突然、彼がぴたっと立ち止まった。少し離れたところで誰かが手を振っていた。中年の男女だった。まるで互いに絡み合ったように深く腕を組んで、ほとんど一体となったように見える彼らが俺たちのほうに近づいてきて彼に嬉しそうに挨拶をした。彼がやけにめんくらった顔で帽子を脱いでペコリと頭を下げ、俺は反射的に後ずさりした。ちらっと聞こえてきた話では、彼の学部時代の先輩のようだった。俺は彼らの二歩ほど後ろでスニーカーで地面をがりがりやりながら湖の端っこを見つめつつ、彼らの退屈な話に耐えた。学生会議の誰々は進歩政党の公薦で市議会選挙に出馬する予定で、誰々は政治関連の一般書を書いてケーブルテレビの人気時事番組のレギュラーになった、最近うちら夫婦は趣味でジョギングを始めた、村上春樹を読んでいる、お前は今もニーチェが好きか、朴槿恵《パククネ》が大統領になったときどう思った？　あなた、私、泣いたじゃない。俺たちが学生運動してたときは二〇一〇年代がこんな世の中になってるだなんて、本当に、それはもう想像すら……ところで最近お前の期は集まってないのか、全然出てこないな。会長のお前が中心にならないと。あなた、やめなさいよ。みんなそれぞれ忙しいのよ。今どきの人はみんなそうよ。今も出版社にいるのか、思想書つくってるのか？　あ、はい、まあ、先輩。俺はいったい全体、会話なのか責問なのかわからない一連の拷問のような話を聞きながら、彼の表情が徐々にこわばっていくのが見えた。突然夫婦の男のほうが俺に尋ねた。

——あちらにいらっしゃる方は？

——あ、後輩です。

——大学の？　なら俺たちの後輩でもあるわけだね、何年入学？

——（もうため口かよ）大学じゃなくて、ただの近所に住んでる後輩なんで……

——あぁ、そうなんだ。江南に暮らしてる後輩？

——えぇ、まあ……（どこに住んでるか知ってどうすんだよ）

——ところで君は李明《イミョン》パク槿恵についてどう思う？

——また、よしなさいよ、もう。聞かなかったことにしてね。

——いや、聞いちゃまずいことじゃないだろ。近ごろの若いもんは朴槿恵好きかね？

——いや別に……古い人ですよね。

——古い人か……新しいなそれ？

いったい何が新しいというのか。朴槿恵が昔の人なのは世界中の人が知っていることなのに。どうしていい年したインテリぶった自己中オヤジたちは、自分より若いもんと見ると知ってる人の名前を百人ちかく並べ立てて、自分が重要だと思うアジェンダを千個近く出してきて、それについてどう思うか訊いてくるんだろう。それを知ってどうしようってんだ。知れば何か変わるのか？　似たようなことを知っていて、似たようなことを考えていれば、年の差が縮まるとでも？　考えが違ったらどうだっていうんだよ。やっぱりガキはガキだな、俺の生き方は間違ってなかったなと思いながら老いぼれた肉体を慰めようってか？　男が俺の居心地の悪そうな気配を察したのか、肩をぽんと叩いて言った。「江南に住んでるなら朴槿恵好きそうだな。そりゃ金があれば無理もない」。俺は下唇を噛んだ。「怒らないでね。冗談だから。私たちもあそこのマンションに住んでるんだから」。夫婦は何がおかしいのか、互いにくすくす笑いあって、俺は彼の先輩だという一味を湖に突き落としてしまいたい衝動に駆られた。彼の顔が小麦粉の生地みたいに白く干からびていった。

——それにしてもこんな時間に、ここで何してるんだ。会社にいる時間じゃないのか？

——あぁ、今日はちょっと用事があって。

彼はどっから見ても嘘をついていますみたいな顔をして、目玉を左右にきょろきょろさせていた。夫婦の女のほうが目を丸くさせて言った。

——え、男二人でここで用事？　この花咲く陽気のいい日に？

——あ、はい。なんかそういうことになって。

——二人つき合ってるんだろ。

男が女に吐き捨てるように言った。女が笑いをこらえきれずに言った。

——近ごろはそういうこと軽々しく口にしちゃだめなのよ、あなた。

——いいじゃないか。俺は同性愛ほら……クィア？　賛成だよ。そういうこともありえると思う。

——何言ってるのよ。それって米帝の悪習でしょ？

夫婦は互いをつつきあいけらけら笑って、俺はまったく理解できないクソみたいなこと言いやがって、老いぼれると何から何までおかしくてたまらないのな、と思いながらすぐにその場を離れようと決めた。

――それじゃ、ここで失礼します。

――まだだったら久しぶりに昼飯でもどう？　そちらの後輩も一緒にごちそうするよ。

口ごもる彼の代わりに俺が返事をした。

――いえいえ、僕らもう食べましたので。

――まだ十一時なのに？

――ブランチしたんで。

世界がまっぷたつになったような表情をした二人をおいて、俺は彼の腕をつかんで前に歩きだした。彼もどさくさにまぎれて、それじゃまた、と挨拶をするとずるずる俺に引きずられていった。俺は何歩も行かないうちに彼の腕をつかんでタクシーを捕まえた。

どこかに逃げてしまいたい気分だったし、それはなぜか彼の家じゃないとならない気がした。彼にとって一番落ち着ける場所に行かないとだった。俺も俺だったが、この世の誰よりも彼がつらそうに見えたからだった。家に着くなり彼はキャップを脱いだ。そしてため息をつきながら言った。

――どうしてあんなことしたんですか。

――はい？

――だからいったいどうして。先輩たちの前でブランチしただなんて。僕の立場はどうなるんです。

――どうなるって。後輩なんだろ。

彼は怒りがおさまらないのか、ぶつぶつ文句をたれた。彼がまともに怒るのを、いや、あんなふうにひどく感情的に動揺しているのを今まで一度も見たことのない俺はちょっとうろたえた。俺もむきになるしかなかった。

――それならあの人たちのほうこそいったい誰なんですか？

――先輩ですよ。学生運動してたときの。

――それなら、たいした仲でもないのにどうしておどおどなんかして。適当に受け流して別れりゃいいじゃん。

――先輩なんだから。

夫婦のうち男のほうは大学時代の総学生会長で、なんどか拘束されたこともあって今はなんとかっていう歴史団体の研究教授で、女のほうは学生運動をしていたころの話を小説に書いてリベラル左派の文筆家に授与される賞を受賞し、有名な作家先生になったという。知り合いのまた知り合いという形で知り合った仲で、この先も会う人たちだともつけ加えた。

――だからって、あの人たちの顔色をそこまでうかがわないとなんですか？　総学生会長だかなんだか知らないけど、作家だから何だっていうんです？　ごたくばっかり並べやがって、何気に兄貴のこと上から見下してたよ。隣にいた俺のほうがいらつきました。どうしてあんな人たちに言われるままになってるんですか？　あの人たちが誰のことをどう見ようがちっとも重要じゃない。むしろ俺に感謝してくれたっていいんじゃないんですか？　一緒に飯でも食ってたらどうなってたと思います？　社会運動をしてるって人たちの人権意識ってのはあの程度なんですか。ともかくああいう輩は口先だけは進歩だなんだって……

——そういうふうに……

——はい？

——そんなふうに言うな。

彼が俺にため口をきいたのはそのときが初めてだった。俺は俺で完全に気分を害してすっかり口をつぐんでしまった。そして静かに荷物をまとめて家から出てきてしまった。彼が止めてくれるのを願っていたが、彼はそうしなかった。悲しいというより怒りがわき、怒りがわいたというよりは絶望的だった。おそらくあの日が、彼が俺を見送らない、俺の背中に目もくれなかった最初の日だったような気がする。

二日後の夜中、彼から電話が来た。すっかり酔いのまわった声で俺に今から会おうと言ってきた。

——酔っぱらってる人とは話すことなんてないけど。

——ため口か？

——そっちだってそうだろ。

――来いって言ったらいいから来い。

――嫌だ。指図すんなよ、俺は犬じゃねえ。

――頼むから来てくれ。

俺は犬だった。彼の部屋にほいほいかけつけてみると、彼は低いソファテーブルに新聞紙を敷いてタコやメバルや焼酎を広げて酒を飲んでいた。彼は俺の顔を見るなりすぐさまキスをした。口から酒の匂いが漂ってきて彼のことをすぐに押し戻してしまった。

――あ、ちょっなにすんだよマジで。

彼は何も言わず、黙々と俺の服を脱がし、ひたすら俺を愛撫しはじめた。俺は彼の桃みたいな頭を見て、冷めた餃子みたいになったかわいい顔を見て、しかたなく彼を抱きしめてやった。

セックスの後、彼は俺に自分の過去を告白した。

――実は、腰があんまりよくないんです。昔、収監されたことがあって。

――麻薬やったんですか？

――いや、学生運動してて何度か捕まったんです。

彼はいよいよ本格的に、学生運動に身を捧げていた二十代のころの話をしはじめた。俺は彼の口からただよう生臭さと酒のまざった匂いをかぎながら、体を丸めたまま彼の話を聞いた。

大学時代、彼は文科系学生会長だったという。学生会長という単語を聞いた瞬間、彼の多くが説明がついた。誰かが見つめているかのように常に前ばかり見て歩く習慣や、ひどく他人の視線を意識するような態度、静かに沈黙を守っていて一番最後に一言言ってすべての決定権があるように感じさせる話し方も。彼は自分が、「韓総連事態」［一九九六年八月十三日から二十日まで韓総連所属の大学生二万人が警察による延世大学内進入により構内に立てこもった事件］を経験した最後の学生運動世代で、大学卒業後はしばらく労働運動にも参加していたという。ヒョスン・ミソン事件［二〇〇二年に議政府市の駐韓米軍基地に帰ろうとしていた装甲車が公道で女子中学生二名を轢死させた事件］や国家保安法廃止デモ、アンチ朝鮮日報運動などにも積極的に参加し、拘置所にも何度か入ったそうだ。収監されたときに腰や首を痛め、今も後遺症を病んでいるとつけたした。よく聞いてみると、四回入れられて計七十二時間くらい拘置所にいたが、拷問を受けたわけではなく、ござの敷いてある牢屋で寝て出てきただけだった。それだけで慢性疾病を患うようになったというには多少無理があるんじゃないか、姿勢の悪いまま長時間座っていたせいなんじゃないかと思ったが、口には出さなかった。

　彼はひたすら学生運動をしていた当時の武勇伝を語り続けた。監獄から出てくるたびに体に新しい入れ墨を入れたとか、新たな気づきを得るとその入れ墨をまた新しい入れ墨で覆ったという話を聞いていると、宇宙を漂流しているみたいな啞然とした気分になった。俺は彼の話を聞き流しながら携帯で彼の出身大学の学生会を検索してみた。民族解放系列の学生会として有名だとの評があった。半地下の部屋でセックスをしてから元運動圏の学生会長の昔話を聞いている俺の姿が、ものすごく八〇年代回顧小説ぽくて、笑えてきてしょうがなかった。

——だから僕は今もiPhoneしか使わないじゃないですか。ＣＩＡもiPhoneのセキュリティはやぶれないそうだから。

彼が自分の手に比べるとあまりにも小さいiPhone4をぎゅっと握りしめて言った。学生運動をしていたピークのころ、自分は警察のブラックリストに載っていて、通話内容を盗聴され、尾行までされていたからよく知っていると言った。話がそこまで流れると俺は本当に、いったい何の話だよ、という気分になって、思えば彼がカカオトークやほかの国内のメッセンジャーではなくひたすらiMessageだけでやりとりすることに気がついた。彼は海外にサーバのあるメッセンジャーが安全だと言った。それからこうつけ加えた。

——このごろも、誰かに監視されてるような気がしてならないんですよ。

——今もそんな人たちがいるんですか？

彼はこの世の誰よりも真摯な表情でつけ加えた。

——今この瞬間も盗聴されてる人がいるんですよ。社会運動をしていて死んだ人もいますし。

——ええ、知ってます。今この瞬間も人は死んで、闘っていて。それは知ってます。

でもそれが兄貴なのかどうかはわからないです。信じられないんじゃなくて、信じないって話じゃないけど、ただ兄貴がそこまで重要人物なのかはわからない。過去に学生会長だったのか、どんだけすごい運動をしていたのか知らないけど、今はただの、一日中部屋にこもって著者の悪口言いながら原稿直してるだけのなんでもないただの男じゃないですか。俺と同じくらい普通の人じゃないですか。兄貴は俺にとっては重要な人かもしれないけど、だから俺にそんなくだらない話もできるんですよ。狎鷗亭洞出身で学生運動に身をささげて盗聴されている二十代を過ごして、今は死んだ哲学者の文を読んで直すあなたの脳は、いったいどうなっているんだろう。めちゃくちゃな落書きの場になってしまったあなたの背中とも似ているんじゃないだろうか。そんなあなたを好きな俺はじゃあどうなんだと。まあそんな言葉をひたすらぶちまけてやりたかったけど、そうはしなかったし、その代わりに彼の唇にキスをしてしまった。もうこれ以上何も話せないように。

*

その年の秋のオリンピック公園はこれまでにないくらい美しかった。

母さんの抗がん剤治療が最後の段階にさしかかっていた。母さんは底をついた体力を補なおうと、ない食欲をふりしぼって無理やり食べて、無理に散歩した。いくら食べ物を押し込んでも顔はどんどん骸骨みたいにやせ細っていった。母さんは落ち葉を一枚拾うとなでながら俺に言った。

――このごろ、お前が高校生だったときのことをやたらと思い出すのよ。

――いきなりなんだよ。

――あのとき、お前が悩んでたのにちゃんと向き合ってあげられなかったなって、どうしてこんなに思い出すんだろうね、あたしもわからない。

――やばかったのは俺じゃなくて母さんだったろ。あのとき母さんが向き合えなかったのは俺じゃなくて母さん自身。

母さんは俺の言葉を聞いているような聞いていないようなまま花壇のほうに歩いていった。あら、こんなのがある。母さんが腰をかがめて注意深く見ているのは葉牡丹だった。見た目はキャベツみたいで紫や赤みのかかった色をしているのが少し目新しく感じられた。

――ちょ、気持ち悪い。さわるなよ。

――あたし、この花のことずっと嫌いだったじゃない。

――なんで？　母さん草はみんな好きだったじゃん。

――大学に落ちたとき、初めて目にしたのがこの葉牡丹でさ。合格者名簿に名前がないのを確かめて校門を出ると、道端はどこも葉牡丹であふれててね。紫の花を見てたら胃がむかむかしてきて吐き気までしてきたっけ。それくらい悔しかったんだろうね。あのとき、人生終わったと思ったけど、今もまだこうやって生きてる。

――その時代にも葉牡丹あったんだ。

――もちろん。今あるものは当時だってあったのよ。

俺はいつだってあるものを思いながら、母さんの脇をかかえるようにして支えながら病院に戻った。

*

その秋の終わり、出版社に原稿を渡してきたという彼と会った。弘大《ホンデ》にある居酒屋で酒を飲んで少し口論になって、彼は酒を節制できない俺の姿が誰か（おそらく自分の母親）とオーバーラップすると言った。どんな話をしていても、学生運動の話や母親に関する話につながるのに閉口して、兄貴は自分が会話の中心じゃないと耐えられない人で、マザコンも入ってると言い放ってしまったのだが、それはお前もおんなじだと言い返された。間違ってはいなかったし、間違っていない言葉がそうであるように、互いにかなり深く傷つけあって結局は大喧嘩になった。当初に予想していたなごやかな雰囲気は影も形もなく、夜更けまで互いに罵り合ってしまった。そうやってズタズタになって飲み屋から出てきた俺たちは、タクシーを捕まえるために通りに出た。顔に血のりをぬった人たちが歩き回っていた。スーパーヒーローに扮装した人たちも、軍服を着たゾンビたちもいた。ハロウィン、というのだそうだ。ちくしょう、くそみたいな気分のときに、タクシーまで捕まらないときてる、と思っていると、彼が腐ったものを口にしたような表情で米帝の慣習ハロウィンに反対すると言った。起源も知らないまま西洋のイベントを考えなしに受け入れる世相を批判し、俺はどれもうんざりして、ただ口をつぐんだ。俺たちは誰よりも楽しそうに見える人たちの間をあちこちよけながら歩いた。そうしているときに誰かが俺の腕をつかんだ。振り返るとゾンビの格好をした一人の男が自分と友人たちの写真を撮ってくれと言ってきた。俺は笑いながら彼のポラロイドカメラを受け取り、ゾンビやドラキュラ、ワンダーウーマン集団の写真を撮ってやった。彼は、俺たちの写真も撮ってくれると言って並ぶように言った。所在なげに立っている彼の脇に俺がすっと腕をはさみ込んだ。写真の中の彼と俺は中途半端にかがんだような姿勢で肩を組んでいた。写真を撮り終えるとさっと彼が離れ腕をはずした。彼に写真がいるかどうか訊いたが彼はかたくなに首を横に振った。俺は結局小さなポラロイド写真を財布の奥深くにしまいこんだ。

それが、俺たちが二人で一緒に撮った最初で最後の写真だった。

＊

その年の冬、彼の背中に描かれた生命の木は枯れ果て、その奥に描かれた和彫りの般若はさらに薄くなってしまった。太ったせいのようだった。彼は一週間に三回は欠かさなかった運動をやめて、哲学書の仕事をさらに二つほど引き受けていた。眉間のしわが深くなり、ヒステリックになった。彼からは、人生に行きづまっている人特有のひねくれた面が見え始めた。俺だって似たようなものだった。慢性鼻炎を発症し、合わせて四十八の企業から申し訳ございません、で始まる断りのメッセージを受け取った。病院の付添人用のベッドで三、四時間ずつ仮眠をとり、ノートパソコンを膝の上にのせて鼻水をすすりながら、俺ではない俺を絞り出しながらかろうじて生きていたが、どうにも上向く気配はなかった。俺は二十代の若者とは思えないほど毎日疲れていた。当初はまるでスパイ作戦さながらだった真昼のデートもたちまち冷めてしまい、いつのまにか俺たちは日常の中で互いに飽きはじめていた。

倦怠の果て、最後に彼の部屋に向かった俺を覚えている。

俺たちは、彼の部屋で焼酎に酢豚をデリバリーして食べながら映画を観た。仕事のギャラで買ったというテレビでは、東欧圏のスパイが孤軍奮闘していた。俺はテンポの悪い映画がめちゃくちゃ退屈だったが彼は集中して観ていた。俺たちは延々と酒を飲んだ。俺が最初にうつらうつらしはじめた。目を開けたときは映画は終わっていた。彼もソファに横になって寝ていた。無防備な姿で力尽きている彼を見るのは久しぶりだった。

手持ちぶさたになった俺は、彼の机の前に座った。パソコンをつけてネットで意味もないことを検索したりしていて、彼と俺の名前を入力したりしているうちにお気に入りのリストが開いた。ありとあらゆる記事や人文学専門ブログを集めておいたのがアトランダムに保存してあった。その中のタイトルに「同性愛」が入っている記事があり、なにげなくクリックしてみた。

以南社会ではどんどん複雑な問題が発生しています。外国人労働者問題、国際結婚、英語万能的思考の拡散、同性愛とトランスジェンダー、留学と移民の急増、極端な利己主義の蔓延、宗教の飽和状態、外来資本の隷属性の深化、西欧文化の浸透などわずか数年前までは想像もできなかった問題が起こっています。(『民族の進路』二〇〇七年三月号)

なんだろこれ、と思ってちらっと彼のほうを振り返った。布団をけとばしたまま裸で眠っている彼の後ろ姿が見えた。誰かが落書きして逃げていったような入れ墨は相変わらずだったし、ときどき規則的にいびきをかく音が響いていた。俺はまた元に戻ってモニターの中のたまった記事を読んだ。以南社会だとか外来資本とかいう単語は一度では理解できず何度も読んだ。いくら繰り返し読んでみても理解できないのは同じだった。いつだったか彼が俺に似たような単語を使って話したことがあったような気もした。何かべとべとしたものをかぶったような気になった。俺の知っている彼の姿は何だったんだろう。

俺は、お気に入りの中のいくつかのページをさらに読みこんでからウィンドウを閉めてしまった。記事はみな、どれも同性愛という「疾病」あるいは「兆候」についてそれぞれの原因を挙げていた。開けたページの履歴をすべて削除してからモニターを切った。このまま何も知らないでいるほうがいいだろう。いつも何も知らないほうを選ぶのには慣れている俺なんだから。彼の隣に横になった。くずれた落書きで埋め尽くされた彼の背中が俺の目の前に広がっていた。俺は手でその痕を一つ一つなでてみた。冷たさだけがあった。床に落ちている布団を拾って俺たちの体を覆ってみてもぞくぞくするような気分は収まらなかった。彼に背を向けたまま体を丸めていたら、突然謝ってほしいと思った。誰に？

なんにでも同性愛を持ち込もうとするうすのろな奴らに？　こんなくだらないくずみたいな記事を集めておきながら、ありのままの自分を受け入れられない情けない彼に？　たいしたことない男だとわかっていながら彼のことを好きになってしまい、ただ彼を好きだという理由で彼のパソコンを勝手に漁って彼のすべてを知りたがろうとする俺に？　もしかしたらそのすべてに。いや、ほかの誰でもない、

母さんに。

本当に謝ってほしくなった。たった一度でいいから、ごめんねと言ってくれたらいいのに、そんなことはありえないよな。そんなことはおそらく永遠にないだろうと思うと、一瞬でも謝ってほしいと思った俺自身がおろかに思え、今すぐにでも荷物をまとめなくてはと思い、いびきをかいている彼をそっとしておいたまま起き上がった。その日俺は、初めて東の空が明るくなる前に一人で彼の家を出た。米帝の文物、資本主義の産物になったまま。

＊

そのころ、以前インターンとして働いていた会社の次長から連絡が来た。なんの発展もなく

人生の出戻りポイントで足踏み状態の俺とは違って、彼はいつのまにかチーム長に昇進していた。彼が率いるチームが北米地域に百億ウォンの受注を受けて急遽人材が必要になったのだという。すぐに正社員にはしてやれないが、派遣社員の形で雇用した後、中途で採用してやると提案してきた。中途採用はチーム長の口車に過ぎないだろうし、内心は荒縄に違いないのはわかっていたが、俺にとっては腐りきった綱でも切実だった。（目に見えるはずもないが）電話に向かってぺこりと頭を下げながら言った。よろしくお願いします。

初月給をもらった日、俺は彼と道を歩いているときに、朝鮮ホテルに行こうと言った。

——ホテルに？　二人で？　今から？

——寝るんじゃなくて。いいレストランに行こうよ。ステーキも食べて、パスタも食べてさ。

——僕はそういうの負担だな。

——ご心配なく。俺がごちそうします。就職したってことで。

彼は首を振りながら肉はそんなに好きじゃないと言った。んなわけ。二人でどんだけ肉を焼いて食べたことか。焼いて食べるのは好きでもステーキはそれほど好きじゃないのだと言った。じゃあパスタかなんかを食べようと言うと、そういうんじゃなくて、海鮮蒸しみたいなのにしようと言った。貝焼きとか、じゃなけりゃ渡り蟹の醤油漬けとか。

——もうさー。シーフードマニアかなんか？　前世はサメとか？

——だって、おかしいだろう。

——何がよ？

——男が二人でパスタ食べるの。

その日そうやって始まった口喧嘩は思いのほか大きくなった。おかしいと思うこともいちいちえらい多いな、男が二人で歩いてると地球が二つに割れでもすんのか、息もできないのか、それなら言わせてもらうけど、お前は道端でやたらさわってくるだろ、あのさ、道端の人は兄貴のことなんて見てもいない、いまだに学生会長だとでも思ってんの、いいかげん目を覚ませよ、お前はイカニモなんだよ……大決闘になった。

——今の、俺が恥ずかしいってことでしょ？

——そうだよ。恥ずかしいよ。所かまわず腕を組んできたり、ねぇとか呼んだり。いったいぜんたいほかの人の目というのを考えないのかな。

——こっちだって兄貴が恥ずかしいね。一年中だぶだぶの綿パンに、伸びきったTシャツ、ぼろっぼろのバックパックにはあらゆるがらくたが入ってる。今どきのスパイ集団だってそんなの持ち歩いてないよ。

彼は道端で立ち止まった。そしてしばらくの間その場所にぼんやりと立っていた。俺はそんな彼を見ていた。彼は俺のほうを振り返って、何も言わず、一瞬で完璧な後ろ姿になってしまったまま前に歩いていった。彼の正体はいったい何なのか、と思ったし、後を追わなくちゃと思う間もなく完全に視野から消えてしまった。

俺が大きな間違いを犯したのだろうか。

その日が、俺が彼の後ろ姿を見た最初の日だった。

そして沈黙。

彼とは完全に連絡が途絶えた。電話をしても出なかったし、携帯メッセージを送っても返事はなかった。彼とつき合っていてここまで徹底して無視されたのは初めてだった。唇が乾いて、心臓が焼けついた。俺は倦怠期を一周めぐって、ふたたび彼に日常のすべて差し出すこととなった。目を覚ませば、携帯を手にしたまま彼から連絡が来るかもしれないと全神経を集中させて待ったし、携帯を枕の下にいれたまま目を閉じると彼の夢を見た。ただ一つの質問が俺の頭の中を巡った。

彼は誰で、俺たちはどういう関係なのか。

彼と会えない時間が長引けば長引くほど、彼の人生を知るにつれて、彼は俺とは合わないということがわかった。当然だった。そもそも彼は俺に何か合わせる気なんてなかったし、ただ、誰もいない静まり返った夜に、純粋なふり、何も知らないふりをした若い恋人、つまり俺に何かを教え諭してやろうと、俺と体を重ねるのを楽しんでいただけなんだとよくわかっていた。彼は、いつだって俺を変えようとし、俺に何かを教えなければと思いこんでいたし、不幸にも俺は誰かによって簡単に変わるような性格じゃなかった。そんなことを考えていると眠れぬ夜が増えていった。ちょうど一週間ぶりに彼からメッセージが来た。

元気にしてますか？

あきれるほどシンプルで一方的なメッセージだった。怒りがわくというより、ぶわっと喜んでる俺の心が気にくわなかったけれど、その思いは止められなかった。涙があふれそうになった。彼が、俺の知らない未知の世界だということを知れば知るほど、俺はもっと彼を知りたくなったし、彼を自分のものにしたくなった。息もできないくらいに彼を締めつけたくなった。俺じゃなくてもかまわない彼に、どうしても俺じゃなくちゃだめな理由を作ってやりたかった。彼を、彼の人生を思い通り手にして揺るがしてやりたかった。だから俺は大きな決心をした。彼を、

母さんに紹介する。

彼には、ものすごく言いづらそうに、でもあくまで普通に、さりげなく切り出した。焼酎にあんこうの蒸し煮を食べているときだった。彼が夢中であんこうの身を食べているところに不意打ちを狙った。

――うちの母さんに会ってみます？

彼は、この世にこんなびっくりもあるのかといった表情で尋ねた。

――どうして？

――いやただ……天気もいいし。オリンピック公園でも歩いたらいいなって……なんとなく。

彼はしばらくの間、大豆もやしの山からあんこうの身を探しだそうとしていたが結局諦めて

から言った。
——それじゃあ、そうしよう。
——はい。日曜日に散歩でもしましょう。コーヒーでも飲んで、うん。
——わかった、うん……そうしよう。僕がオリンピック公園まで行きますよ。
なんだ、簡単すぎて拍子抜けするじゃねえか。

＊

追加手術の日が近づいてくると、母さんは毎日夢見が悪いといって大騒ぎだった。また始まったよ。仕事も、我が子の教育も、何においても騒がしい人だった。がん細胞はすでにすべて除去された後だったし、悪化した炎症を取り除いて血行をよくするための簡単な手術に過ぎなかった。間違えようにも間違えようのない手術だった。今がチャンスだと思った。母さんが手術を終えたとき、疾病から完全に解放され二度めの人生を生きはじめたとき、人間への愛情や神への感謝、宇宙への愛情があふれんばかりとなったその瞬間に、
爆弾を落としてやろう。
母さんと彼との未来のために、残りは「僕ら」の人生のために勇気を出そう。さあ、目をぎゅっとつむって一度思いきり飛び込んでみよう。扉を開けて飛び出してみよう。

アサン病院に向かう療養病院の乗り合いバスに母さんを乗せてから、俺は病室に戻った。ベッドサイドに写真が一枚置いてあった。彼と俺が一緒に写ってるポラロイド写真。

俺は写真を手にした。俺のだらしない性格（とくたびれた皮の財布）のせいで写真をどこかに落としてしまったようだ。それをベッドサイドのテーブルに置いたのは誰なのか、母さんなのか看病人なのか、ほかの誰かなのか見当がつかなかった。いや、絶対母さんしかいないと思った。いつどこで写真を落としてしまったのかわからないが、あえて手術の日に、つまり俺がすぐに見つけられるようなこういう場所に男と二人で肩を組んでいる写真を置いておいて忽然と消え去るなんて、いかにも母さんらしい行動だった。

俺の記憶の中の母さんはそういう人だった。いつだってなんでも知っていて、なんでも見抜く人。

ＩＭＦ通貨危機のとき、家を食いつぶした当事者の父さんが突然いなくなってしまったときも、母さんはすべてを知っていた。今から荷物をまとめなさい。お父さん捕まえにいこう。母さんと俺は真っ赤なマティスに乗って仁川《インチョン》のある賃貸団地に到着した。階段や廊下のあちこちにクモの巣が張っていて、全身でクモの巣を潜り抜けながら三〇二号室のドアを叩いた。かなりの間、壊れそうなくらい叩いてみてもなんの応答もなかった。廊下に面している窓ごしに家の中をのぞきこんでいた俺たち親子は、結局父さん（とその内縁の女）を見つけ出せず、再びマティスに乗りこんだ。引き返そうとした瞬間、団地の後方にある空き地で父さんを見つけた。

——母さん、ほら、あそこ。

父さんは小柄な中年の女とバドミントンをしていた。父さんとその内縁の女は俺が想像していたのとはだいぶ違った。お互い顔が似ていたし、片割れを見つけたパズルみたいに調和がとれていた。しかも父さんは母さんと暮らしてたときは一度だって見せたことのなかったおだやかな表情をしていた。知らない人が見たら、母さんと俺のほうが、善良な二人の男女の主人公を処断しにきた悪人か借金取りみたいに見えたはずだ。あのとき、彼らを眺めていた母さんの表情を俺は永遠に忘れられないだろう。この世がすべて止まってしまったようなあの顔は、四十八種類の感情では説明できない何かであったのは間違いなかった。絶望や苦痛なんてものでは単純化できない感情のひだを、父さんと内縁の女とは少し形の違う静けさを、何かぐっと抑え込んだ感情を、俺はあのとき初めて学んだ。

手術を終えると母さんはおなかのとこに袋をぶらさげて、チューブを何本もさされているというのに朝五時にすぐ起きてきてベッドに座った。ベッドサイドのテーブルの上にろうそくを灯して三十分以上、両手を合わせて祈っていた。おなかや脚を曲げるのは患部の回復にいいわけがないのに、わざわざそういう習慣を繰り返した。祈り終えた後はベッドの上に昇降テーブルを広げて一日に何枚も聖書の一節を書き写した。俺は彼女の執拗な筆写が求道者の苦行に似ているとも思った。思いがけず起きてしまった不幸に対して、泣きわめき動揺し頭をかきむしって声を荒らげる代わりに、モナミのボールペンでノートに力強く聖書を書き写すほうを選んだんだろうけど。麻酔すら拒否しようとした母さんには、それが唯一の生き方だったから、彼女の筆写は一種の呼吸のように感じられた。

息を吸って一文字、息を吐いて一文字。

もしかしたら、これこそ、俺が今までずっとわずらってきた情熱と似ているのかもしれないと思った。相手への情熱？　相手にとらわれている自分自身への情熱？

そう、どこまでも俺自身に対する情熱。

イエスを愛し、誰よりも真摯に生きてきた自分自身への情熱。もしかしたら、かつて俺が彼に抱いていたような心、その固執、ただの一瞬たりとも解き放たれることのなかったそのエネルギーも宗教に近いものかもしれない。真っ黒な領域に身を投じてしまう類いの愛。それを数十年間繰り返すこともできるのだろうか。それはどんな形の生き方なのか。

愛は、本当に美しいものなのか。

いつだったか、膀胱につながっている管がはずれたのに気がつかぬまま座って筆写しているのを見て、かっとなって声を荒らげた。いったいなぜそうなんだと、そんなことして何か変わるのかと。母さんの人生になんの役に立つのかと。

母さんは奇跡という単語を使った。きっかり千日の間、聖書を書き写した姉妹に治癒と恩赦がもたらされたのだと。自分にもそういう奇跡が起きるはずだと言った。母さんの知り合いではなく、教会の執事のクォンさんの甥っ子の妻に起きたことだそうだ。クォンさんの甥っ子の妻に起きた奇跡だなんて。パレスチナとイスラエルの紛争終結と同じくらいはるか遠くに感じられた。自分の場合は、奇跡までは願わなくとも、せめて主が見ておられる限り、美しい人生を生きたいとも言った。頑な彼女の前で俺は看護師を呼び、膀胱の管をつけなおしてシーツを替えてくれと頼むほかなかった。

あの当時、ただ苦痛と病しか残っていない彼女の人生において、祈り、聖書を書き写すこと以外には、ほかのどんなことも意味がないように見えた。実際にそうだったと思う。彼女は鏡を見ることも誰かに連絡することもなく、ただ自分自身に戻りひたすら黙々と文字を書き写していくのだった。俺はそれを（同性愛という）悪習を断ち切れなかった俺への抗議、あるいはこんなにもがむしゃらに生きてきた自分に下された病魔への抵抗、生への情熱、あるいはそのすべてが混ざり合った絶対的な存在への抗議のメッセージに読めた。俺は結局母さんに、彼について、写真について話せなかった。何も言えなかった。

＊

日曜日、彼と連絡はつかなかった。

電話は切れていたし、俺の送った携帯メッセージにも返事はなかった。

俺は母さんと二人で湖のほとりを歩いた。

何度も後ろを振り返ってみたが、もちろん彼はいなかった。

その日の散歩は短かった。

＊

三日後、彼から携帯メールが来た。親しい兄貴のところにどうしても行かねばならず、連絡できなかったという。すまないという言葉も薬味みたいに添えられていた。

正体のわからない親しい兄貴。急ぎの用。

そりゃそうだろうな。急なことだったんだろう。忙しかったんだろうよ。

彼に怒りはしなかった。俺たちは前みたいに、何事もなかったように会話を交わした。

＊

母さんは一年半ぶりにがんの完治を宣言された。母さんを担当していた医療陣は、母さんの完治を先進システムに基づいた持続的で適切な治療の成果だったと、俺は必死の看病のおかげだと、母さんは神の思し召しであり奇跡だと思った。

母さんの退院を四日後に控えて、彼が初めてで最後に俺んちにやって来た。外で一緒にいるのを嫌がる彼のために家で飯を食うことにした。真っ昼間だったし、彼がやって来るということに俺は思いきりわくわくしていた。俺が育った空間で、俺が作った料理を食べる彼の姿だなんて。考えるだけでどきどきした。約束時間ちょうどに着いた彼は、玄関先でおとなしくバックパックを下ろすと、どこから見ても来客らしいたたずまいで、お邪魔します、と言いながら家の中に入ってきた。リビングをぐるっと見回すと、いいお宅ですね、と言った。それからまっすぐに俺の部屋に向かうと、まるで国立図書館の司書みたいな姿勢でじっくり本棚をのぞきこんだ。彼が俺のベッドに座った。彼という存在が俺のベッドに座っているというのが今さらながらに新鮮で、今さらながらに嬉しくて、俺はるんるんだった。靴下を脱いで俺のベッドで、俺の体臭のついた布団の上に座っている彼に口づけしようと近づいていった。彼がさっと顔を背けると、布団カバーを指さして一言言った。ミチコ・ロンドンのカバーだった。

——この布団にも、ほらユニオンジャックがついてますね。

——あ、そうですね。

——ヨンさんは、やっぱり西洋の国が好きみたいだね。

——いや、そんなのがついてるのも知らなかったです。兄貴のほうこそ国旗にこだわりすぎじゃないんですか。

——ほら、またすぐにそうやって攻撃的になる。

——ただ話してるだけですけど。

一瞬にして気まずい雰囲気になり、俺はすぐにベッドから起き上がった。彼に食事を作ると言った。メニューは彼とは一度も食べたことのない、パスタ。俺は台所へ行って麺を茹で、にんにくを刻み、フライパンにオリーブオイルをまわしかけてペペロンチーノとあさりを炒めた。額に流れる汗をひたすら拭いながら、俺は彼のために一生懸命な俺自身に酔っていた。俺の手で作った料理が彼の一部になるというのが嬉しかった。とりあえずそれだけでも満足だと思い、大きな皿にパスタを盛りつけて食卓の上に置いた。肝心の彼は一口もまともに食べないまま箸で麺をいじるだけだった。するとすぐに箸を下ろして、食卓のガラスの下に敷いてある俺の子どものころの写真を見下ろしていた。

——この写真見ると、お母さんがヨンさんのこと本当にかわいがってらしたのがわかります。

——そうですか。

——ええ。愛されてる人の顔はどこか違うものだから。愛してる人が撮る写真も何か違いますし。だから、ヨンさん。

——はい。

——ヨンさんも、もっといい男とつき合わないと。

——……今なんて言ったんですか？

——じゃあいい女とつき合えって言わないとなのかな？

パスタじゃなくて刺身でも食べにいこう、というような軽い口調だった。俺はなんの返事もせずに彼を見つめた。いとも簡単にそんなことを言う彼を、ただ見つめるしかできなかった。俺の好きな、俺自身のすべてを捧げてもいいくらい好きだった彼はいったいどんな人だったんだ？　俺はほんとに何もかもわからなくなってしまい、だから何も言えないままただ彼を見つめていた。あのときの俺の姿は、母さんが内縁の女とバドミントンをしている父さんを見つめていたときと同じだっただろうか。急にどうして。いや、突然じゃないのか。もしかしたら、俺が彼のパソコンを見て彼の日常をさぐって秘密をあかし彼のすべてを、彼の人生を掘り起こしてひっかき散らそうとしたことに気づいたのだろうか。引き返す方法はないのだろうか。彼がため息をつきながら俺に尋ねた。

——僕たちはどういう関係だと思いますか？

——どういう意味ですか？

返事をせずに立ち上がろうとする彼を引き留めた。このまま帰すわけにはいかなかった。俺は母さんじゃないから。俺を振り払おうとする彼をぎゅっと捕まえた。彼はいつものように哀れみに満ちたまなざしで俺を見つめて言った。

——まさか愛だとか思ってたんじゃないですよね？

自分でも知らぬうちに彼の頬をひっぱたいていた。我に返ると俺は彼を食卓に押し倒したまま首ねっこをつかんでいた。俺より十センチは背の高い彼が、赤い顔をしたまま俺の手をめいっぱいつかんでいた。彼の充血した目に涙がたまっていた。俺の目から零れ落ちた涙が彼の頰につたって流れた。俺は手から力を抜いた。俺が何をしでかしたのか気づいたときには、すでに何もかも手遅れだったし、彼は何度も咳払いをすると、まるで何ごともなかったかのように食卓から体を起こしていつものゆっくりした動作で上着をはおった。そして俺を見下ろしたまま古いバックパックを背負って出ていった。俺は彼の後を追わなかった。代わりに彼がドアの外に出た瞬間すぐにベランダのほうに走っていった。その姿が本当に最後になるような気がして。彼が完全に消えていくまで、一つの点になってしまうまで、ずっと彼の姿を俺の目に収めた。

数日後、彼の家に行ってみたが、何度インターホンを押しても返事はなかった。鳴き声みたいな音を出していた彼の家の玄関扉は固く閉ざされたままで開かなかった。

俺は彼の家のポストに手紙を入れておいた。手紙といえば聞こえがいいが、彼とつき合っている間に書き続けていた日記をやぶったものに過ぎなかった。三十枚を超す日記には、彼と会うたびにあふれだしていた感情がつづってあった。俺は自分が何を書いたのかわからなかった。彼と俺がどんな関係だったのか、俺たちが何をしたのかわかっていないのと同じように。日記の最後のページには、もう一度考えなおしてほしいと、連絡を待っていると書いた。まるでゴミ箱にゴミを投げるみたいに彼に俺の丸裸の思いをぶつけた。

二週間ぶりに彼から携帯メールが来た。

作家になるのはどうですか。

もう一度考えなおしてみてほしいという俺の問いかけへの返事はなかった。あの人は最後まで、本当に最後まで自分の言いたいことだけを言って、俺に何かを教え諭そうとした。何をどう言うべきか悩んでから携帯を戻した。最初で最後の俺のための選択をしようと決めた。目を閉じて彼の番号を消した。まぶたに焼きごてで焼きつけるように彼の番号が鮮明に思い浮かんだが、いつかはこれすら記憶から消えるだろうと思った。

結局俺たちは一緒にあったかいパスタ一皿すらまともに食べられなかった。代わりに俺は農薬を飲んだ。冷たいアメリカーノに農薬を注ぎ、このコーヒーすらも彼にとっては米帝の産物であり（名前までアメリカーノだし）第三世界の労働搾取の結果物に見えるだろうと思った。それがおかしくてしばらく笑ってから目を閉じた。涙は出なかった。

再び目を覚ましたときは集中治療室だった。図らずも母さんが入院していたアサン病院だった。胃洗浄を終えて血液透析をしていると、足元に母さんが立っているのが見えた。俺が願っていた顔じゃなかった。俺の知ってる母さんはこんな状況だったら大声で叫びながら俺を叩いたり、激しく泣いてしまったり、主よ、で始まるお祈り混じりに嘆きだしたり、ともかく朝の連続ドラマ顔負けの感情を爆発させる人だったが、この日の母さんは、ただ俺をじっと見つめていた。そして言った。

——あんまり無理するんじゃないよ。どうせ人間はみんな死ぬんだから。

母親が言うセリフかよ、と訊きたかった。どうしてこんなことをしたのかと訊くのが順序じゃないのかと、本当はずっと俺に訊きたいことがあったんじゃないのかと、訊かないとならないことがあったはずだろと、訊きたかった。今すぐにでも問いただしたかったが、喉に人工呼吸器が挿管してあって何も言えなかった。

＊

しばらくは、誰かが愛とかそういう言葉を使うのも嫌だった。特に同性愛について話す人たちはそれが誰であれ、どういう内容であれ、訳もなく殴りつけたい衝動にかられた。みんな同じ愛だ、美しい愛だ、人が人を愛してるだけだ……。

愛は本当に美しいのか。

俺にとって愛は、めいっぱい燃え上がり抑えきれぬままそれに捕らわれて、やっと相手から抜け出せたときに最も醜悪に変質してしまう刹那の状態に過ぎなかった。その不都合な真実を、俺は集中治療室と病室を行き来しながら悟った。

3

彼と別れてからちょうど五年の歳月が過ぎた。三十一歳の俺はちょうど三十代ぐらいに見えるくらいには年を取り、作家になっていて、もう彼の電話番号は覚えていなかった。いや、ほんとは日常の多くを覚えていられないくらい日々忙殺されて暮らしていた。

いつのまにかまた日曜日になっていて、俺は彼のメモを思い浮かべながら無農薬のりんごを剝いていた。俺の前では体重四十五キロの一人の中年女性が、コリント前書三章二節を筆写していた。母さんにりんごをひときれ渡すと、食べたくないと首を横に振った。

——りんご嫌いだって言ったでしょ。胃がきりきりする。

——胃ってのはもともとすっぱくてきりきりするもんだよ。さっさと食べないと肝臓ができないよ。

——年取ると肝臓も簡単にはできないもんだ。

――はいはい。母さんが医者もやって牧師もやれよ、みんな。

母さんには時間があまり残っていないということを母さんも俺も医者も、誰もがみな知っていた。母さんがりんごを食べる代わりに湖が見たいと言った。車いすを用意しようとしたが、母さんが怒ったのでやめにした。

いざ散歩を始めると十分もしないうちに母さんはくたびれ果てていた。ちょっと前までの血気盛んな勢いは影を潜め、どこでもいいからちょっと座ろうと声を荒らげた。俺たちはいつものように湖の前のベンチに座った。母さんが深呼吸しながら俺の太ももにそっと手をのせた。すっかり大きくなって。注射の打たれすぎで血管が赤く腫れあがった母さんの手が見えた。肌は乾いた段ボールみたいだった。母さんのすべてが落ち葉みたいにかさかさになっていくと思った。母さんはポケットからメモを一つ取り出した。

お前がお前を望むように、主もお前を望んでいる。

一瞬たりとも哀れに思う隙を与えないことについては才能のある女だった、母さんは。湖をまわっている間中、周囲を見渡した。母さんが立ち止まって息を整えるたびに、俺も自然と後ろを振りかえった。通り過ぎる人たちの顔を一人一人じっと見ていた。散歩している間中そうしている俺自身が情けなくて笑えたけれど、実際彼が現れたらいったい何をどうすればいいかとも思っていた。なんでもないふりをして母さんに紹介しないとかな、久しぶりと喜ぶべきかな。じゃなけりゃ知らないふりをして通り過ぎるべきか。どれもいらぬ心配だった。散歩道に百九十センチになる男が立っていたら、見逃すわけないし。

　作家になってから、携帯番号を変えた。何もたいそうな決心があったわけじゃなく、ただ、今までの人生と少し違ったものにしたいという気持ちからだった。クリック数回で見たことのない番号を手に入れた。彼のことを考えなかったかといえば嘘だった。０１０－８１で始まる彼の残りの番号は、もうずいぶん前に記憶から薄れていたが、俺はずっと負けたような気分にさいなまれていた。忘却すらも俺にとっては、一種の不自然な状態でしかなかった。今まで、俺はいったい何を望み、何を待ち、何を夢見ていたのだろう。

　奇妙な形をした彫刻が集まっている芝生のベンチに座った。五年前、彼と会う約束をしていたこの場所、彫刻公園だった。気にしないようにすればするほど、いつまでも後ろに何かがひっかかった。振り返ればいつのまにか彼が立っているような。ばかみたいになぜそんなことを思うのか、俺自身ですら自分を理解できなかった。ふと、肩にかけたカバンの中に分厚い封筒があるのを思い出し、それが紙の塊じゃなくてレンガか鉄アレイのように重たく感じられた。

　彼と別れてからだってたくさんの男たちとつき合った。小雨にアスファルトが濡れた愛、熱い愛、一晩かぎりで冷めてしまった急ぎ足の愛……さまざまな感情と向き合いながらもあんなに深くはまった相手は一人もいなかった。彼よりももっといい条件の、客観的な基準で見て彼よりもずっと立派な人たちとつき合っても、あいまいな関係にしかならなかった。彼が俺の一番熱いかけらを持っていってしまったという事実を、彼を通して俺のある部分がまるごと変わってしまったということを、後になって、それもものすごく長い時間が過ぎてからようやくわかった。

母さんが突然ベンチから立ち上がって、丘のほうにゆっくりと登っていった。俺も母さんの後について歩いた。なだらかな丘の頂上まで行った母さんは芝生にどさっと腰を下ろした。秋の夕暮れのオリンピック公園。乾いた落ち葉の芳しい香りが鼻先まで届いてくるようだった。俺もカバンを放り投げて母さんのやせ細った太ももに頭をつけて横になった。まるで十歳の子どもにまた戻ったような気分だった。

——なんで地面にいきなり座るんだよ。芝生にさわると流行性出血熱にかかるって言ってたくせして。

——いつそんなこと。

——俺が十一歳のとき。母さんの二度めの放通大の卒業式。ここで学士帽かぶって母さんが言ったんだよ。芝生の上を裸足で歩くと全身に穴という穴が開いて血がだらだら出てくる病気にかかるって。ねずみの糞に病菌がたくさんあるからだって。

——お前って子は。またそんなこと言って。あたしがいつそんなひどいこと言ったっていうの。

——ほんとだよ。母さんが覚えてないだけだろ。俺はみんな覚えてる。あのとき母さんにそう言われてから大きくなるまで芝生がめちゃくちゃ怖かったんだって。草にふれないようにいつも歩道ブロックのほうばっかり歩いてた。

――ほんとに？　あたしったら。子どもになんてこと言ったんだろうね。

日が暮れ始めた。俺たち親子は何も話さずにただ芝生に座ってしばらくの間それを眺めていた。母さんが、沈んでいく太陽から視線をそらさずに言った。

――きれいだねえ。夕日が沈むのは。

――そうか？

――お前はさ、あたしがものすごく図太い性格だと思ってたでしょ。

――突然何言い出すんだよ。

――昔っからあたしはちょっと男まさりなとこあったでしょ。度胸も据わってて、後悔なんてしないと思ってたのにさ、お前を産んでみたら、そうじゃないってわかったんだよ。お前が赤ちゃんのころ、お前を抱っこしてるとそれだけで財布がぱんぱんになったみたいに満ち足りた気持ちになって幸せだった。だからすごく怖かったんだよ。けがしたり壊れたりいなくなったりしちゃうんじゃないかって。

――またいきなりなんだよ。

――お前が幼稚園のときだった。一度お前が迷子になったと思ったことがあって。幼稚園が終わってずいぶん経つのに家に帰ってこないんだよ。電話してみると幼稚園のバスにも乗らなかったって言われて。友達んちに行くって言ったんだって。大騒ぎになったさ。靴だけ履いて飛び出して幼稚園でもあわてふためいてお前を捜してると遠くにお前の姿が見えたんだよ。あたしはそっと後ろから近づいていった。お前が二歩くらい歩くとすぐ立ち止まるから何をしてるのかと思ったら、通りの店を一つ一つ立ち止まってのぞいてみて観察して、時にはさわってみたりってしてた。好奇心に満ちた顔でね。その姿を後ろから見てたらさ、叱るんじゃなくて、突然怖くなったのよ。お前がもうあたしの知ってる子じゃないように思えてきてね。お前が見たいものを見て、お前が歩きたい道をお前の速度で歩いていくのに、お前が自分だけの世界を持ってるっていうのが、なんだか寂しくて怖くてしかたなかった。

——その時から落ち着きなかったんだな、俺。

——だからお前を苦しめたのかもしれない。小心者だから。お前を醬油皿みたいな狭いあたしのふところにしまっておきたかったんだろうね。

母さんは、半分ほど切除してなくなった肝臓部分をなでながらにやっと笑った。実に久しぶりに見る微笑みだった。

がんが再発してから、母さんが死ぬ夢をしょっちゅう見た。

夢で母さんの車はもう真っ赤なマティスじゃなくてアメリカ製のボルボだった。この世で一番安全だという車。現実と違うのは車だけじゃなかった。母さんは今にも死にそうな姿の代わりに、四十代のはつらつとして情熱的な姿だった。ボルボに乗ったまま崖っぷちまで走っていく母さん。結局は断崖に墜落して粉々になってしまう自動車。割れた窓の外にはい出てくる母さんの手首。エンジンから火柱が上りはじめ、燃える車を猛獣たちが取り囲む。まるで肉でも焼いて食べるかのように。車内から黒い煙が漏れ出てきて彼女の体の上に一瞬で何かが出てき始める。青かびに似た葉牡丹。それらは一瞬で母さんの体を覆いつくし最後はすべてが見えなくなる。断崖の上でこのすべてを見ていて俺は何を思った？　泣いた？　笑った？　じゃなけりゃ何も感じられなかった？

冷や汗をかいて夢から覚めるときまって明け方五時。俺は自分の体格に比べるとありえないくらい小さい母さんの机に座って腰をかがめたまま文章を書き始めた。指先に糸がついてるみたいに、脳などないみたいに、縦横無尽に走る俺の文章。そうしているとどこかが焼ける臭いがふっと鼻をかすめ、真っ赤なマティスみたいに終わりを知らずに疾走していた俺の文章はしばし立ち止まった。

彼女にとって俺が物を書くということがどういう意味を持つか考えると、いつだって断崖の下を見下ろしているみたいなやるせない気分に襲われる。俺はもう三十一で、成人になって十年が過ぎてて、彼女はもう俺の人生の足を引っぱる存在ではないと、ただ誰よりも誠実に自分の人生を生きようとしている一人の人間に過ぎないと、十分理解できるくらいには成長した。彼女はただ彼女自身でいるだけで、俺をしばりつけようともしないし、俺もただ俺として存在するためにあらゆる努力をしてる点で、俺たちは同じ人間に過ぎない。ただ運が悪かっただけだ。だから俺たちがこうなったのは、俺たちのせいじゃないし、がんや青かびみたいに、地球の自転や太陽の黒点みたいに、あまりにも自然な宇宙の現象なんだ。全部わかっているのに、どうしても彼女が俺のすべての問題の原因であるような気がしてならなかった。皮だけ残したまま死にゆく人を目の前にして、そんなことを考える俺自身に嫌気がさしたが、やめられなかった。

全身の血が流れ出て死んでいくのを心配する十一歳の俺と、母さんの話を書いて金を稼いだ二十歳の俺、そして俺に親切だった人たちの話を知らない人たちに聞かせてやろうと、こうして怨みにさいなまれながら何かを書いている三十一歳の俺が、今この瞬間、母さんの後ろに座っていた。

夕日を見つめる母さんの後ろ姿だけは、たくましくて美しかった以前の姿とさほど変わっていないように見えた。その姿を見ていたら、もしかしたら母さんは、今まで俺が発表した小説を、文章をすべて読んでいたかもしれないとふと思った。そうだったとしても変わるものは何もなかった。母さんが感傷的な声で言った。

——お前を抱っこしてるとね、この世のすべてを手に入れたみたいだったのに。

病というのは人間をまるごと変えてしまう。誰よりも強くていつだって前だけを見て歩いてきた彼女に、気恥ずかしくなるようなことは口にしたこともない彼女に、夕日を見ながらそんなことを言わせてしまうのだから。だから、俺も何か告白してしまいたくてしかたなくなる。

——母さん、あのさ、俺……

俺も知らないうちに口をついて出たが、次の言葉はとても吐き出せなかった。言いたいことがありすぎたし、何でもいいから話したかったけど、なんて言えばいいのか、どこからどうやって始めるべきなのか、見当がつかなかった。つまりだからさ、それだからさ。

一度でいいから俺に謝ってほしいんだけど。あのとき俺の心を踏みにじったことを。俺をこんなふうに産んでおいて、こんなふうに育てておいて。こんな俺を二度と戻ってこられない場所に突き落として、無知の世界に置いておこうとしたことを、頼むから謝ってくれないか。それが母さんの本心じゃなかったってことも、誰のせいでもないってこともわかってるけど、わかってるけど、俺はさ、母さん、あなたを、

——絶対に理解できない気がする。

——何を?

——ほんとに申し訳ないけど、たぶん永遠に許せない気がする。

——何を突拍子もないことを。

急に涙が出そうになってすぐに顔をそらした。それから立ち上がった。

——トイレ。

立ち上がってカバンを背負った。そして急いでトイレのほうに走っていった。気がつくと習慣のごとく障碍者用のスペースに入っていた。俺は便座の前に跪《ひざまず》いて座りカバンを下ろした。その中から紙の束を取り出した。紙の上にぐにゃぐにゃした俺の字と彼の赤い文字が重なって見えた。手に握りしめた紙の塊を二度に分けてやぶった。一枚一枚をそれぞれやぶって便器に

ほうりこんだ。文字が水にふれると赤くにじんだ。水を流した。紙は波紋を描きながら黒い穴の中に吸い込まれていった。

彼を抱きしめている間は、この世のすべてを手に入れたような気がしたのに。

まるで宇宙を抱きしめてるみたいに。

涙が出そうだったが泣かなかった。今まで泣く時間は十分あった。紙がすべてなくなるまで、水を流し続けた俺は息を整えると、からっぽになったカバンをまた背負った。トイレの外に出た。

母さんはすっかり芝生にあおむけになって空を眺めていた。空を眺める彼女の表情は誰よりも静かでおだやかに見えた。もしかしたら俺の前で夕日を見つめるあの人も、四十五キロに五十九歳の彼女も俺と似たような思いでいるのかもしれない。俺という存在を通して人生が予想どおり、チャートの数字みたいにきれいに整うのではなく、むしろ一番そうであってほしくない方向に流れてしまうこともあるのだと。血でつながっているくらいなのだから誰よりもよく知っているはずだと信じていた存在が、本当は巨大な未知の存在かもしれないことを。だから、人生のある時点では諦めなければならないときが来るということを。それでも今の俺にできることは、あらゆる思考を止めて、沈んでは昇る太陽なんかに意味を持たせて微笑む彼女を見つめるだけ。彼女の死を待つこと。彼女が何も知らないまま死んでしまうことを願うだけだ。

大都会の愛し方

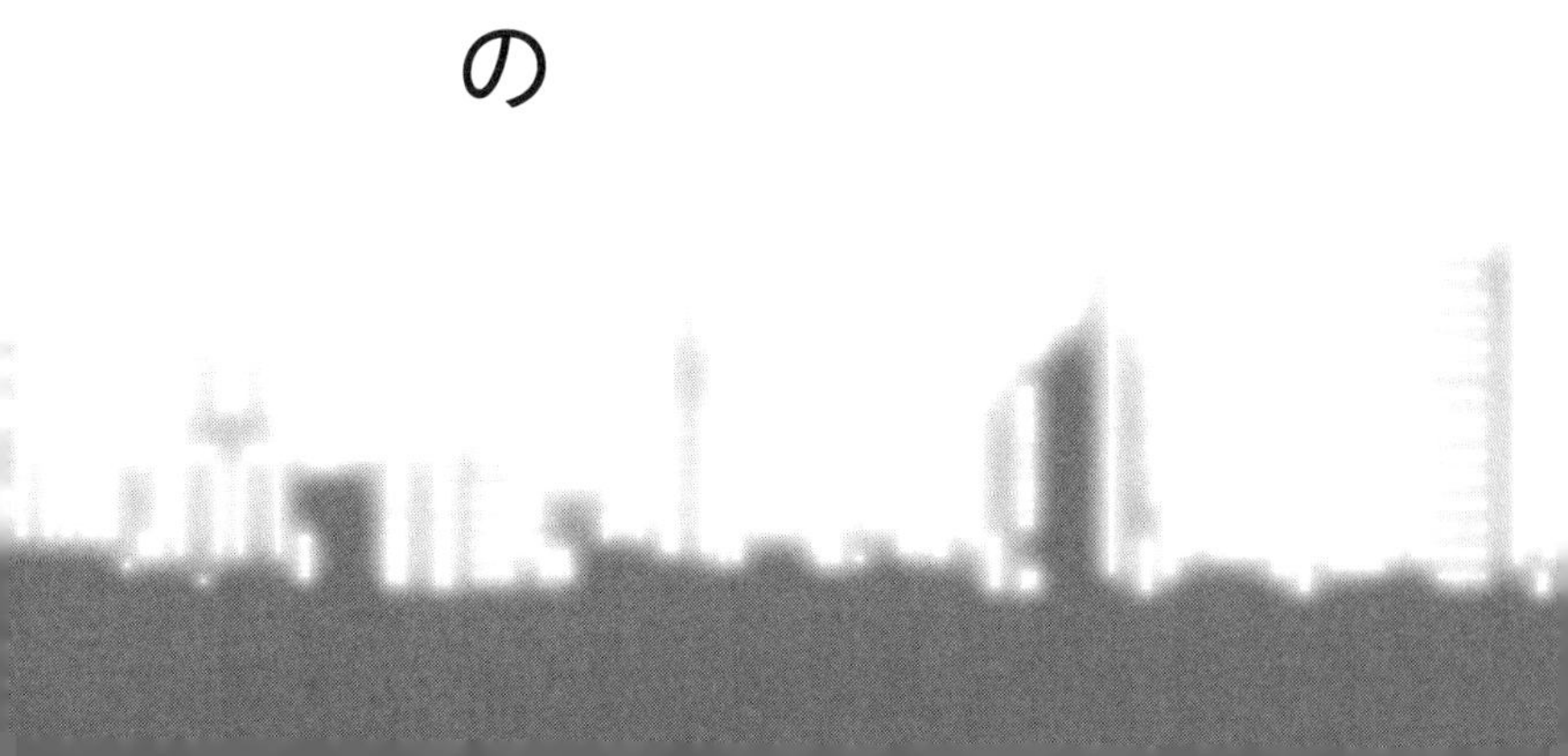

ギュホと日本に旅行に行くことにした。つき合って二百日の記念だった。それぞれ職場で仕事をするふりをしながらエクセルで三泊四日の旅行計画を立てた。ほんとは俺が何かを提案するとギュホが機械的に同意するというのに近かったけれど。

——浅草行って、お台場でドラえもんと写真撮って、箱根の温泉行こう。

——うん、うん。

旅行当日、俺たちはゆっくり荷づくりをし、ぎりぎりで空港に着いた。人が多く、このままだと飛行機に乗り遅れそうだったが、幸い列はスムーズに進んだ。カウンターでパスポートを二冊差し出すと一つ戻ってきた。俺のパスポートだった。

——お客様、期限切れのパスポートですが。

軍隊に行く前に作っておいたパスポートを間違って持ってきていたのだ。ギュホは俺の隣で、どうしよ、どうしよとずっと騒ぎ立てていた。搭乗時間までもう五十分しかなかったし、俺は迷わずポケットから両替した金の入った封筒を取り出した。

——これはお前の小遣いだ。

——ん？

てこいよ。

——どうせホテルも予約してあるんだし、今さら返金もしてもらえない。お前だけでも行っ
——一人で？　俺一人で何すん？

ギュホは困るときまって出てくる方言まじりの言い方で何度も訊いてきて、俺はギュホのポケットに封筒を突っ込んでからスマホで旅行スケジュールを送ってやった。

——このとおりに観光して、夜は男と遊べよ。日本の男のほうが大きいらしいぞ。好きなだけ浮気してこいって。わかったか。

——もう、なんだよ。

くすっと笑うギュホを無理やり出国ゲートに押し込んだ。何度もこちらを振り返るギュホに早く行けと手を振った。

俺は一人で空港鉄道に乗った。窓の外に灰色に光る干潟が続いていた。いつまでも繰り返される映画を観ているようだった。手持ちぶさたで久しぶりにカイリー・ミノーグのアルバム『アフロディーテ』を聴いた。こんな日にはきまって思い出す彼女の声。唇がやたら乾く気がして、ポケットを探ったがリップバームはなかった。こういうときはギュホが黙ってリップバームを差し出してくれるのに。それだけじゃない。俺より先に帰ってきて床掃除をして、汁物もしっかり濃いめに作ってくれて、くだらないことを言って俺をあきれさせたり……四日間ギュホがいないとなると退屈でこれはかなりやばい。ギュホと俺はセックスをしなくなってだいぶ経っ

ていたなとも思った。こんなにセックスから遠のいた恋愛も初めてだよな。日本の男と存分に浮気してこいなんて言っておきながら、この気分はいったいなんなんだろ。俺ほど笑える奴もそういなかった。

＊

ギュホと俺が初めて会った場所は、今はつぶれてなくなった梨泰院《イテウォン》のクラブ。お盆の連休を迎え、そこで（水増しした）テキーラの飲み放題をやると聞いた。（当時も今も）両親としょっちゅう縁を切っていた自他ともに認める親不孝者だった俺には、連休だからといって出かけるような場所もなかったし、（当時も今も）貧乏に打ちひしがれていた俺としては、そんなイベントを逃すはずはなかった。だからグループチャットルームでみんなに知らせるしかなかった。

――今日Gクラブでテキーラ飲み放題やるらしい。みんな出てこいよ。

二十代だった友人たちの中に、タダ酒を嫌がる輩は一人もおらず、おかげでその日の晩、俺たち「ティアラ」は堂々と真夜中の梨泰院の通りをねり歩いた。ティアラとは、ユニークなニックネームをつけるのが得意な俺が、俺たちと同じようにメンバーが六人のT‐ARAというアイドルグループからとってグループチャットルームにつけたニックネーム。俺はその中で背が二番めに低く、歌を歌うときの鼻音がひどいからって自然とソヨンになったわけだが、大事なのはそこじゃなくて俺らがクラブにたどり着いたということ、それだけ。

今すぐにも目がつぶれてしまいそうなほど強烈なグリーンのレーザー光線が天井から差し込んでいて、巨大なメインバーは人が多すぎてとてもじゃないけど酒なんて手にできそうもないし。俺たちは歌声があんまり大音量で流れてくるものだから、人のいないDJブースの横のミニバーに陣どった。ティアラのメンバーの心の奥には一人ずつ少女がいるとはいえ、見てくれだけは百八十センチを超す元気旺盛な若者たちなもんだから、最初はできる限り控えめに背すじを伸ばして目玉だけきょろきょろさせながらショットをあおいでいた。テキーラのショットグラスがどんどん重なっていき、おい、ペース落とせよ。これじゃみんなつぶれるぞ。ボラム、よろついてね？　ゆっくり飲めって。で、ウンジョンはどこ行っちゃったんだよ。ったく、知らねえぞ。とりあえず酔っておこう。比較的肝臓のきれいだった二十代のソヨンは自分の酒量を過信してしまい、喉が下水溝と化したように、とめどなく、これでもかと酒をあおっていた。このままじゃ、そのうちつぶれるだろうという予感はすぐに現実になった。

目の前に見えるのはせわしなく酒を注ぐバーテンダー。短髪ツーブロックのかわいい男。彼の後方のネオンサインはいったいなんて書いてあんだ？

Don't be a Drag. Just be a Queen.

スピーカーからはずっとピットブルとジェニファー・ロペスの〈オン・ザ・フロア〉が流れてて。

――DJ頼むよ。ここまで来といて〈オン・ザ・フロア〉聴かされるのってどうなのよ。

俺たちの中で一番いいカラダをしてて性格の悪いジヨンが、特有の甲高い声でDJブースに上がり、今すぐT‐ARAをかけろと叫んだが、DJは聞き流しているのか片耳にヘッドフォンをあてててすっかり酔いしれてるし。一万回以上はかけたはずのクラブミックスのポップスがまたかかっていっきにさめた。おい、ここはアメリカか? 韓国なのか? 答えろよ。答えろっつってんだろ。ジヨンは今にもDJにかけよってビンタを張りかねない勢いだったし、俺とボラムが彼の両腕を押さえこんでみたものの、百八十三センチに八十四キロで泥酔してるジヨンをとめるには力及ばずだった。一瞬なにかきらっと顔をかすめていった気がしたと思うと、背後から降り注ぐ若い子たちの悲鳴。すでに時遅し。ジヨンのひじで俺の唇が切れてたよね。

ぶつかられて正気に戻った俺の前に現れた顔があった。超短髪ツーブロックに一重まぶたの切れ長の目。お? さっきのあのバーテンダー? 彼の目は白目より黒目の比率が高くて、どことなくエイリアンみたいで、なんか俺がその中に映ってるような気さえしてくる。情けなくて、呆然としていて、寂しさまでにじんでる俺の表情。お前のカーブしたもみあげはあごひげまでつながっていて、同じ毛質の口ひげは俺の顔につきそうなくらい俺たちの距離は近かった。あのとき突然俺の頬にふれた冷たい物体。お前が俺の唇にあてたのは五百ミリリットルのフィジーウォーター。

――大丈夫ですか?

ハスキーぎみの低い声。かわいい八重歯が見える、なぜか乾燥してそうな唇。めちゃくちゃスイートなその唇をそのままにしておくのは罪ってもんで、俺も知らず知らずのうちにお前にキスしちゃってたし。まなざしと同じくらいあったかかったお前の舌と肉厚の俺の舌が重なるのを感じたし、そこから恋が始まればよかったんだろうけど、実際は恋のコの字も始まらなかった状態。俺はただイカれちゃってただけでさ。お前に？　いや。あまりに飲みすぎた酒に、音楽に、ひっきりなしにちかちかする照明に、今すぐにでも死んじゃえそうなほどの息苦しい空気に、

ほかでもない俺自身の不幸に。

それから血の味がした。たぶん切れた唇から流れ出た俺の血の味だったんだろうけど。はっと我に返った俺はお前を押し戻して耳元でささやいた。

――頼むから忘れてください。

そうしてよろよろその場から立ち上がったんだったよな。うん、今だから言うけど、あんときの俺はそんなに酔ってはいなかった。酔ったふりしてきまずさをごまかそうって魂胆。あれはみんな演技。ボラムとキュリが俺の肩をつかんで揺らし、ちょうど嘘みたいにカイリー・ミノーグの〈オール・ザ・ラヴァーズ〉が流れ始めた。おい、ここ使えねえよ、出ようぜ。俺は無駄にさらに酔ったふりをしてうなだれて、ウンジョンに支えてもらいながらクラブの外に出たんだった。また地上に出てきたとき、俺の気は確かで、振り返ってクラブの奥のほうを見つ

めた。ずっとカイリー・ミノーグの声が鳴り響いているその方向に。あのときは、ただ心配になっただけだった。

俺の血の味を知ったギュホ、お前のことがさ。

＊

カイリー。

二〇一〇年の夏の日、俺は百日休暇［訓練所終了日から三か月経過すると与えられる二泊三日～三泊四日の休暇のこと。現在の新兵慰労休暇］で出てきて、高速バスの窓にもたれかかる頭の中に浮かぶのは三つのキーワード、アイスアメリカーノ、カイリー・ミノーグ、それからセックス。高速バスを降りるとすぐに彼が手を振ってたっけ。当時、半年つき合っていた公務員の恋人K。彼はショットを追加したスターバックスのベンティサイズのアイスアメリカーノを手にして俺に手を振っていて、俺は目をむき出しにしたまま大急ぎで命のポーションを飲んでさ。俺がこの世で一番好きな苦味。三か月ぶりに飲むコーヒーは俺の心臓をどくどく言わせた。「カイリー・ミノーグの新曲出たらしい。早く聴きたい」「わかった、どこか入ろう」。そうやって行くことになった（ホテルとは名ばかりの）モーテル。あたふたと軍服を脱いでシャワーをしている間、兄貴はモーテルのパソコンで〈オール・ザ・ラヴァーズ〉のミュージックビデオを探してくれて、俺は水気もろくに拭かないままバスルームから出てきて、数百人の人波が服を脱いで互いに抱き合って塔をつくり、その塔が波みたいに揺れているミュージックビデオを観たんだよな。山みたいに積まれた人の肉体をさんざん見てから俺たちはベッドに横になり、カイリー・ミノーグのアルバム『アフロディーテ』を全曲かけながらセックスをした。久しぶりだったせいで擦り剝けるような感じがしたけど、兄貴がコンドームをとってもいいかというのでそうしろと言った。四曲目の〈クローサー〉がかかるころ、兄貴が俺の中で射精して、俺が先にバスルームでシャワーを浴びた。無理したせいか血が出ててさ。そうやって兄貴との二泊三日を過ごしてから部隊に復帰した俺。二週間後、高熱と一緒に赤い湿疹が出始めて、医務室で生死の境をさまよったあげく国軍病院に送られてさ。血液検査を終えて、まず最初に軍医が俺に言った言葉。「お前、ボトム？　それともトップ？」「はい？　何のことでしょうか」。どうやら、クソったれ以下のあのゲス野郎が俺が入隊してから、かなりの男と遊んでいたらしいんだよな。それ以降、文字どおり超スピードでいっきに社会に返還された俺は、目の前の現実を受け入れるためにまず一番得意なことをしたよね。

ユニークなニックネームをつけること。

カイリー・ミノーグを聴いていてこじれてしまった人生だからカイリーと名づけたわけじゃなくてさ、ただいい名前だなと思って。どうせこいつとは死ぬまで一緒なんだから、耳ざわりのいいきれいな名前をつけてやろうと思って、の、カイリー。

そう。マドンナやアリアナ、ブリトニーやビヨンセよりはカイリーだろ。ガチで。

その名前を後悔したことは一度もない。

＊

テキーラを夜通し二十万二千十杯ちかく飲んでおきながら、それでも金を稼がねばと出勤した俺は、ショーケースを抱きかかえて吐くのを我慢していた。〈私はサンドラ・ディー〉。サンディーのかすれぎみの声は今日も相変わらず。しょうもない演出と実力不足のキャスティングのせいで、いくら招待券をばらまいても観客席はがらがらだった。いいや、そもそも十回以上再演した『グリース』をまた観に来る人とかっている？（まあ同じ飯、同じコーヒー、同じデートコースでも新しい男とならいつだってルンルンで飛び出してく俺が言うことじゃないが）墓場みたいなここで俺ができることはひたすらあくびをこらえ、耳から血が出そうな歌声を聴きながら勝手にうとうとするだけ。俺は、この墓場でさえ一握りの砂にすらなれないシュードラなんだって。俳優でも制作チームでも広報チームでもない、劇場の入り口でぼんやり座って、売れもしないプログラムを売る最低賃金の人生なんだって。ひと月の売り上げは四十万ウォンちょっと。俺の月給の半分にもならない金で、おそらくもうじきクビになる予定。みんな休んでる日曜日の夜に、なんの拷問だよこれ。二日酔いのせいで、一部の途中で二度も吐きに飛び出したのは内緒。本来の性格だったら、こんなプログラム放り投げて部屋の片隅で眠りをむさぼっていたいところだが、同期のジェヒがコネを総動員して見つけてくれた大事なバイト先だから、義理があってそんなことはできない。プロデューサーが知り合いだって言ってたけど、二人はどう考えても寝た仲だろう。ところでそろそろ二部が始まるというのに、あの男はどうしてロビーで座り込んでんだろ。俺は地球より重たいケツをあげてソファのほうへ歩いていった。

——あの、インターミッションが終わ……

男が顔をあげると、おいおいどっかで見た顔だぞ。昨日のあの、バーテンダー？

——あれ、昨日クラブにいた方ですよね？

——たぶんそうです。

——うわぁ、奇遇ですね。ミュージカル観に来られたんですか？

——いや。あなたに会いに来たんですけど。

な、なんなんだこいつ。俺に気があるとか、と思うには俺は自分を知り尽くしてる。

——あ、そうでらしたんですね。今入場されないと十五分後じゃないと入れませんが。

彼は本当に、ただ俺に会うためにやって来たのだと言った。もしかして訴えに来たとか？

——ここにいるってどうしてわかったんですか。

ジヨンのインスタに俺の送った『グリース』の招待券の写真が載ってるのを見たらしい。#ミュージカル #グリース #VIPTICKET #S席 #ヨンからのプレゼント

どうりで。ジヨンの三万フォロワーのうちの一人だったわけか。以前もときどき知らない人

に話しかけられたことがあるにはあった。俺に気があるから？　いや、ハンサムでいいカラダしててペニスのでかい人気者のゲイ・インフルエンサー、ジョンの「友人3」に関心があるってだけ。バーテンダーのあなたも俺を通してジョンとつながれたらというもくろみかもしれないな。俺もまたそういう勘だけは当たるんだわ。ついでだから言うと、俺はティアラのメンバーに便乗させてもらっておこぼれなんかをめぐんでもらってる寄生虫に過ぎないわけよ。ハンサムな友人たちの背景であり屏風であり、酒飲んでつぶれた奴らをかいがいしく世話する寮母のような役割ってとこ。そんな自分に不満はないけど、今日のところはちょっと疲れてるから悪いけどこれ以上は。

――どうしましょう。二幕が終わって後片付けするまで二時間はかかると思いますけど。今日はちょっと厳しいかな。

――大丈夫です。それじゃあ、そこのスターバックスでスマホでもいじってますんで。仕事終わったらゆっくり来てください。

返事をする前にのしのし歩いて劇場を出ていってしまった彼。俺はまた自分の席に戻って、ただの一冊も売れないプログラムをあちこち並べ替えてみたり、ウェットティッシュを引き抜いてほこり一つないショーケースを何度も拭いてみたりしたっけ。それにしたっておかしいぞ。俺はなんで笑ってるんだ。見苦しいったらないな。

公演が終わると観客たちはみな劇場を後にし、フォトスペースに置かれていた等身大パネルも倉庫に移し終えると、ホールの明かりを消した。十時を過ぎていたが、まさかほんとに待ってるわけないよな？　やたら気にしてる自分もおかしかったが、もしかしたらと思ってスターバックスに行ってみた。ソファ席で分厚いふち眼鏡をかけてあぐらをかいて座りゲームをしているお前。薄暗い照明のもとでみた濃い印象はどこへ、なんでピングーみたいなんだよ。どっから見てもポロロ。俺の顔を見るなりぱっと眼鏡をはずして席から立ち上がったお前。また俺の知ってる顔に戻ったっけ。俺は一度笑いだしたら止まらなくなって、向かいに座ってしばらく笑ってたんだよな。

——いいかげん笑うのはやめてください。

——ごめんね。でもほんとになんでここまで来たんですか？

——頼むから忘れてくれなんて言われたら、余計忘れられませんけど？

——あ……昨日はほんとにすみませんでした。コーヒーでもごちそうさせてください。なに飲みます？

——コーヒーはもう飲んだんで、これどうぞ。

彼が差し出したのはオーマイガッ、俺の白いルイ・ヴィトンの携帯ケース。公務員のゲス野郎がカイリーと一緒に残していった置き土産。生まれてから今までにもらった一番高い誕生日プレゼントだったし、これをもらったときは、全世界がネオンサインみたいにきらきら輝いていたあの感覚を今でもはっきりと覚えているのに（粉々になってしまった思い出だけどそれでも唯一持ってるブランドものだし）俺がこれを失くしちゃったたってこと？

――ケースが飛んでくのにも気づかず、かなり熱く踊ってましたよ。僕が拾っておいたんです。

――……昨日のことはお願いだから忘れてください。

――いいじゃないですか。踊りも上手だし、特に〈ナンバーナイン〉。

あぅ、死んでしまいたい。男らしく見せたくていつもより二オクターブ低い声で話していたのに、これじゃなんの意味もないっていう。俺が恥ずかしさで真っ赤になっていると、スターバックスのアルバイトが俺たちに向かって営業時間が終わるのだと、あからさまに帰ってほしそうな気配を見せるので、俺たちは追い出されるような形で通りに出てきた。大学路《テハンノ》の路地をだまって歩いていたが、ふとさびれたビールパブの看板が見えて、おもわず反射的にこう言ってしまった。

――飲んでいきます？

ほかの酒はともかくビールだけは弱い俺がやっちゃいけないことだったのに、人生からやっちゃいけないことを除いたら何も残らない。酒に酔えば無駄に正直になり、不必要にダメ野郎になる俺はこの日もやっぱり誰も尋ねていない話をつらつらと始めた。なかでも最悪なのが、今までの恋愛をいちいち語って身の上を嘆いたことだった。

――わかります？　俺だってほんものの恋をしたんですよ。一回り上の学生運動出身のオヤジとつき合ってメイド・イン・ＵＳＡの服を着ていると怒られたことだってあるし。でも俺もまたそんな彼が好きだからってプレゼントを買ってやり、食事を作ってやり、家までちょろちょろついてってペットみたいに待ってたりしてさ。で、見事に振られて？　その野郎は完全に行方をくらましたんですよ。でも後悔はしてません。ほんとに愛してたから。ともかく、その人に振られてからは、相手を選んでつき合うって決めたんです。それで次の恋人は顔も体もペニスもごく普通だったけどまじめな子、ただそれだけの理由でつき合ったんです。こいつにはどうして振られたかっていうとね。道端で大きい声で歌を歌いすぎるって。とにかく歌いすぎだっていうわけ。つか、民主主義国家で口があるのに歌を歌うなとかってないでしょ……

この日俺のさらした醜態のハイライトは、飲み屋から十分のところにある俺んちの前まで送ってくれた彼にこう言ったこと。

――寄ってきます？

尻込みしている彼の顔を見て、突如我に返ってしまった。しっかりしろ。He is not into you. 親切心で訪ねてきてくれた人にやめようぜ。俺はだまって目玉をきょろきょろさせている彼にわざとさりげなさを装って質問をかぶせた。

――どこに住んでるんですか？

――仁川《インチョン》です。

仁川からここまで来たって？　携帯ケース渡すために？　単なる好意から？　とりあえずこのままプッシュしてみよう。

――もう電車終わってません？　始発までうちで待ってればいいですよ。

――タクシーで帰りますから。

――お金たくさんあるの？

――いいえ。

――じゃあ、タクシーに乗って逃げ出したくなるほど俺のことがイマイチってこと？（どんだけごちゃごちゃ言うつもりなんだ）

――そうじゃなくて……

――じゃないなら。殺されるとでも？　食べられちゃうとでも？（頼む、もうやめろよ俺）

――自分には原則があるんで。

――どういう原則？

――三回会ってみるまでは……しないっていう。

俺は大笑いしてしまい、こいつ二十歳かなんか？　じゃなけりゃ『セックス・アンド・ザ・シティ』の観すぎじゃね？　シャーロットかよ。やっぱり俺には興味ないってことじゃんと思い、もうこれ以上みじめになるのはやめようと思っていたのに、彼の手をつかんでしまった。そしてこんな見え見えのことを言ってしまった。

――何にもしないからさ。ただじっとしてて日が昇ったら帰りなっていう意味。

うなずく彼。玄関ドアを開けると散らかりっぱなしの部屋が丸見えで、それを見た瞬間さっと酔いが醒めるような気がしたけど、錯覚にすぎなかった。俺は相変わらず酔ったまま上着を脱いでズボンを下ろしたんだけど、ジーンズがどうしてこんなにきついんだ、太ったか？　結局ジーンズを半分くらい下ろしたままベッドに座り込んでしまって……

再び目を開けたときは日が昇るころ。大学街の早朝はどこもワンルームの建設工事の騒音で始まる。このたくさんの部屋に、またどれだけ大勢の人たちが暮らすのだろう。額にしわをよせて目を開けた。おかしなことに俺はパンツ一丁で靴下だけ穿いたままベッドに横になっていた。それも一人で。体を起こすと床に服を着たまま横たわっている彼が見えた。俺は立ち上がって彼の隣に座った。ととのった彼の横顔を見ていると一瞬世界が静かになった。まるで俺たち二人だけが残されたみたいに。手で彼の額と鼻と唇をさわってみたくなったけど、起こしてしまうかもしれないと思ってできなかった。代わりにそおっと人差し指を彼の鼻にあててみると、浅い呼吸が感じられた。まるまるしたポロロ人形を枕にしている彼の首には、しわが五本よっていて、枕元には時計と財布が並べて置いてあった。腕時計を手にしてよく見てみると、メインプレートに国家情報院という文字が彫ってあった。なんだろ。正体の気になった俺はそっと彼の財布を開いてみた。千ウォン札が三枚と新韓銀行のデビットカード、ユ・ソルヒ看護スクール・朱安《チュアン》校受講証、二種普通免許が入っていた。一九八九年生まれ、ミン・ギュホ。彼が体をもぞもぞさせ、俺はあわてて財布を戻した。

目を覚ました彼は時間を確認すると、あわてて上着をはおった。俺の出した水の入ったコップには口もつけずに靴を履いた。スクールに遅れたという。ドアが閉まってから俺は電話番号すら交換していないことを思い出した。国情院の時計をはめて、週末はクラブで酒を作る、看護助手志望生。ギュホ。

お前はいったい何なんだろう。

＊

そして火曜日、また俺の一週間が始まった。

最初の職場を辞めてから、俺はまた大学に戻った。いつものように遅く起きた俺は、習慣のように大学の図書館に座って就活を装った暇つぶしをすることにした。

窓際の席に座ってガラス窓から差し込んでくる日差しを浴びながら小説を何冊か読んで、ノートパソコンを開けてくずみたいな文章を書いたり、俺の頭の中みたいに真っ白なノートの上に無意味なことを殴り書いていた。

二十九歳。ユ・ソルヒ看護スクール。看護助手。バーテンダー。ミン・ギュホ。

意味のない言葉を並べ、窓から差し込む日差しを見上げた。けだるくなってきて一瞬目をつぶって、目を開けると午後五時。濡れぞうきんより重い体を引きずって大学路に向かい、劇場に着いた。ホールの明かりをつけて主演俳優の等身大パネルをチケット売り場の前に移しておいた。これで三十分後にチケット売り場が開けば人々がやってくるだろうし、俺は空中に向かってプログラムいかがですか、と叫ぶんだろう。売れないってわかっていながら。

表向きは就職活動のために（ほんとはこれ以上母さんと暮らしたくなくて）大学の前のワンルームに引っ越した。家賃も払わないとだし生活費も稼がないといけないから毎日アルバイトをした。とりあえず会社勤めは一度経験したから、何かを成し遂げたり成果を出したいというモチベーションは失せてしまった。結局は場所を変えただけの同じ日常が繰り返されるだけだし。苛立ちと怒りと希望とセットになった絶望と、毎日繰り返されるルーティンで汗まみれになったまま。それは恋愛という事件においても同じで、俺は何か新しいことを期待するにはずいぶん遠くまで来てしまった。就職も物を書くのも恋愛も、どれもこれもだるいばかりでさ。なのに俺はなんで、どうして、こんなにお前の名前を書きたくてしかたないんだろう。日常とよく似た、ただの一人の人にすぎないギュホ、お前の名前をさ。

＊

土曜日の夜、公演が終わって家に帰る途中、ジェヒから電話が来た。彼氏がクウェートに出張に行き久しぶりに自由の身だから飲もうと言った。そんなに乗り気じゃなかったが、ただ酒だと聞いてとりあえず交通カード一枚を手に弘大《ホンデ》に向かった。ジェヒがあちこちから集めてきたメンバーは大部分が知らない者同士で、知らない者同士の社会人が集まったときっていうのはきまっておもしろくもない飲みゲームをして、知りたくもない人生談や年俸の話、異性愛恋愛談を互いに共有するのがオチだった。手をつないでキスをして、つき合って一か月後にセックスをしてどうのこうの。酒は酒でどうしてまた清河《チョンハ》ばっかり頼むんだ。やわな酒じゃ酔えねえんだよ俺は。「それでさ、オレがジャイトゥーン部隊に派兵されたときなんだけど、米軍の奴らがさ……」。高麗《コリョ》大を出てなんとかっていう建設会社に勤めてるという男が、誰も聞いてないのに軍隊の話を始めたときてる。俺は男がほざいてる間に一人で清河を注いで飲み干した。「そこの飲みっぷりのいい方はまだ大学生？」「いいえ、卒業しましたけど」「軍隊は行ってきたよね？　どこ出身なの？」。俺は口をつぐんでしまった。ジェヒが俺の顔色をうかがって話題を変えた。「三十過ぎていつまでつまらない軍隊の話してんの」。つまらなさ加減にランクがあるとしたら今日の飲み会はワールドクラス。俺はほかの人たちがしゃべくってる間にがんがん飲んで、つまみに出てきたスケトウダラの干物を粉々になるまで引き裂いていた。マジ退屈。逃げ出したい。場違いだわ。ほぼ連日、毎瞬間俺の日常にまとわりついてくる違和感。ティアラのみんなは今ごろなにしてんだろ。もしかしたら遊びに出てきてる奴はいないかと思いグループチャットルームをのぞいてみたが、どういうわけかみな静かだ。たぶんみんな男を捕まえてセックスしてるか、家で伸びて寝てるんだろう。俺はトイレに行くと言ってそっと立ち上がり、ジェヒに携帯メールを送った。

悪い、ジェヒ。先に帰るわ。つまらなすぎてとてもじゃないけど無理。
あの男、しゃべりすぎでしょ？w　みんな嫌ってるw
うんw　会計はその飲みつぶれた高麗大の兄ちゃんに出させろよ。
OKww
俺はにっと笑って道路側に立った。時間は早朝四時二十分。ところがさ。どっか行きたいのに家には帰りたくない。思い浮かぶ場所はただ一つ。梨泰院。嘘みたいなタイミングでオレンジ色のタクシーが目の前で止まり、俺はがばっとドアを開けて運転手に梨泰院消防署まで、と叫んだ。街路灯とネオンサインの看板っていつもこんなにきらきらしてたっけか。いきなり、どうしてこんなにソウルはきれいなんだろ。なんでもないあらゆるものが特別で素晴らしく感じられてしまうのはなんでなんだ。割り増し時間は過ぎていたのにタクシー代は一万ウォンを超した。交通カードの残額が二万ウォンあるかないかくらいだったと思うけど、帰りはどうしよう。ま、いいや。なんとかなるだろ。漢南洞《ハンナムドン》から混みだした車。俺は第一企画の前でタクシーを降りてしまい、Gクラブの前まで走っていった。息切れしてぜえぜえしているとクラブの入り口に彼が立っていた。自分の体ぐらいある大きなゴミ袋を持っている彼。俺が目に入らなかったのか、ひいひい言いながら駐車場のほうに歩いていく彼の後を追った。ゴミ袋をおろした彼を後ろから抱きしめてしまった。俺も知らないうちに。
――うわっ。

――そんなに驚かなくたって。

――くっそ、めっちゃびっくりりん。

――今、かわいいふりしたの？

――びっくりしすぎて訛ったんですよ。

――仁川にそんな訛りないし。

――仁川の人間じゃないんで。

――じゃどこなの。

――済州島《チェジュド》です。陸地に来てから一年しか経ってないんで。

ぶははは、陸地とか言ってる。俺は無礼なほど大声で笑ってしまった。何がそんなにおかしいんですか。口をとがらせたような彼の表情。かわいいじゃん。

――遊びに来たんですか？　お友達は？

――いいや。一人で来たんだ。あなたに会いに。

――ひえっ。

――そんな青ざめなくたって。さっきまで弘大で飲んでたんだけど、飲み足りなくて。もう夜が明けるってのに酒のことしか考えられなくて、ここに来たかったんですよね。ここは酒だけは強いの作ってくれるでしょ？

彼はにんまり笑うと突然俺の肩に腕を巻きつけた。突然のスキンシップにちょっと驚いたけど、顔には出せなかった。俺の左側の耳に彼の呼吸を感じた。俺たちはそうやって肩を組んだまま入り口に足を踏み入れた。黒服たちはノーチェックで俺たちをクラブの中に入れてくれた。彼は俺をすぐにミニバーにつれていった。そしてダブルショットのグラスを取り出し、いつもとは違う色の酒をあふれんばかりに注いでくれた。俺はいっきに酒を飲みほし、これ桃の匂いするけど。これジュースで酒じゃないって。同じ酒ですぐにまたグラスを満たしてくれる彼。いやいや、酒をくれって言ってるんですよ、どうしてジュースかな。立て続けにグラスを空ける俺。でもなんで突然踊りたくなってんだろ。俺を見て笑う彼のすべすべのおでこに照明が反射して俺は、どういうわけか彼が俺のソウルのような気がしてならなかった。美しいソウルシティ、やかましい音楽。黒い瞳、超短髪。一緒に踊った後に片手でお前の腰を抱き寄せたい。そしてもう片方の手で汗に濡れたお前の短い髪の毛をなでてみたい。そんなふうにぐっと近づいたまま互いの体温を感じられたらいい。でもどうしてこんなに瞼が重いんだろ。ここは暑すぎるしかなりけむい。ミストかなんか撒いてくれないか。このまま瞼が閉じてしまわないように音楽をかけてくれよ。目がしょぼしょぼしてくるって。もっとノリのいい音楽をかけてくれよ。ミストかなんか撒いてくれないか。このまま瞼が閉じてしまわないようにさ……

　目を開けると白い蛍光灯の明かりがついていて、お客はみな消えていた。アルバイト数人だけが残り、散らかりまくった床のゴミを片づけていた。こここんなに狭かったっけ？　明かりをすべてつけたクラブは夜とは違ってみすぼらしくてしょぼかった。もちろんその中で一番しょぼかったのは俺。ソファ席の片隅でうずくまって座ってる俺。それから俺の前に立ってるギュホ。

——お客様、そろそろクローズなんで。

笑っている彼に向かって俺は、すみませんと言い、手にしていたコートを広げて着た。あわてて階段を上がっていくとめまいがした。いったいどんくらい飲んだんだ。壁づたいに通りに出てみると完璧に真昼だった。パリバゲットのアルバイトが玄関を掃いていて、俺はクラブの前の階段にしゃがみこんだ。息が白かった。それでも道ばたで寝てしまわなくてよかった。死ぬとこだったじゃねえか。家に向かうバス停はここからはだいぶある。歩いていく気力はなかった。ひび割れた唇につばをつけて目やにをぬぐうと、突然クラブの入り口から何人か出てきて散らばっていった。それからまた俺の前に立ったギュホ。帰らないで何してるんですか、尋ねるギュホの服の裾をつかむ俺。

——悪いんだけど、タクシー代がなくて。

家まで一緒にタクシーに乗ることになった俺たち。ギュホが運転手に告げたのは仁川じゃなくて大学路。ラジオからはヤン・ヒウンの〈朝露〉が流れてきた。ギュホが俺に言った。

——僕ら、これで三回めですよね？

——数えてたの？

——それくらい数えなくてもわかると思いますけど。

——俺は数えてたのに。ちょうど三回になるまで。

そして黙ってしまった俺たち。生唾ごくり、音を立てて飲み込むといつのまにか彼と俺の膝がくっついていた。俺はコートを二人の太ももの上にのせた。俺たちはコートの下で手を握った。それから互いの太ももをなでた。反対の方を眺めたまま。アンバサダーホテルと清渓川《チョンゲチョン》と梨花《イファ》結婚式場を過ぎて、大学路の小さな劇場のむこうに俺の家が近づいてきた。互いの指先からずしっとした熱いバイブスが伝わった。

＊

家に帰った俺たちは三回めのルールを守った。仮にも成功したとは言えなかったにせよ。ギュホは静かに、取ってもいい？　とため口で訊いてきて、俺は首を横に振った。ギュホが恥ずかしそうに言った。

——ごめん。つけるとすぐ萎えちゃうから。

——（それって勃起不全患者たちがよくつかう言い訳だっていうけど）大丈夫だよ。俺がしようか？

——えっと……そっちはうまくできなくて。

＊

目を開けるとギュホが台所に立っているのが見えた。もう半年は使っていない炊飯器が稼働していて、家にあるのすら知らなかった醤油などの調味料が出ていた。ガスレンジで何かぐつぐついってるみたいだった。俺は水蒸気の満ちた狭い部屋を見回し、少し非現実的な気分に浸っていた。ギュホは俺が目を覚ましたのに気づくと、宿泊費の代わりに食事を作るのだと言った。俺はベッドの下に畳んでしまっておいた小さな円卓を広げてウェットティッシュでほこりを拭いた。拭いても拭いてもほこりが出てくるのがなんだかすごい俺んちっぽかった。その間に、ギュホはできあがったおでんスープや初めて見る惣菜みたいなのをテーブルの上にのせた。このおかずはどうしたのかと聞くと、家の前のスーパーで買ったと言った。よく見るとシンク台に生ゴミ用のゴミ袋がかかっていて、バスルームの前には見たことのないバスマットが敷いてあった。この人の適応力っていったい何。たんぽぽの種だってこんなに素早く根を下ろせないんじゃないか。俺はだまって彼が作ってくれた化学調味料味のスープをごくごく飲んだ。ギュホが俺に聞いた。

——引っ越してきたばかりなんですね。カーテンもまだないし。

——二年経ってるんだけど。めんどくさくてカーテンとかベッドシーツとか買ったままほったらかしで。

——どうして……そんなふうに暮らせるんだろう。

——俺も気になることがあるんだけど、訊いてもいいですか?

――ええ、もちろんです。

――いなかは済州島で、仕事先は梨泰院なのに、なんで仁川に暮らしてるんですか？

実兄のせいだと言った。一歳上の兄がなんと四浪の末に仁川にある医大に合格した。兄が二年生を終えたころ、大学の前のワンルームで小汚く暮らしてるのを見た母親が、ギュホを仁川に上京させたのだという。兄と一緒に暮らして食事を作ってやり掃除もして、補佐（？）してやるのを条件に。八〇年代風の上京物語を聞いた俺は、かなり驚いたけど、ギュホにとってはたいした問題じゃないようだった。

――僕、小さいころから問題ばっかり起こしてたんですよ。高校も自主退学だし。やっと入った専門大学もやめちゃって、母さんに悪いし、島じゃやることもないし、こっち側の人間だからソウルで暮らしてみたい気持ちもあって。ソウルじゃないけど、厳密には。ともかく、だから上京したんです。

――お兄さんと一緒に暮らすのは悪くない？

――悪いですよ。そりゃもう悪い。

両親が出来のいい兄をちやほや育てたせいなのか知らないが、兄という奴の性格がこれまたかなり終わってるらしかった。ギュホが作ったカルビスープを、黙って肉だけ食べるんじゃやすまず、食べ残しのカルビの骨を便器に捨てて水を流して、いまだに便器がつまっているのだという。家にいるときは、いつもヘッドフォンをつけてゲームをしながら悪態をついているのだそうだ。半年一緒に暮らして交わした会話はいくつにもならないというギュホの表情は、今まで見たことのない敵意がこもっていた。俺はまたプロ級の猫かぶりを発揮して、平日はだいたい何してるんですか？　と素知らぬふりをして話題を変え、ギュホは近所の看護スクールに通ってます、と淡々と答えた。「とりあえず国費支援もあるし、小遣いも出るんで行き始めたんですけど、もうじき実習も終わるんで。もしかして知ってます？　一緒に通おうユ・ソルヒ、ユ・ソルヒ看護スクール……」、スクールの広告ソングか何かをつぶやきはじめたギュホ。俺は笑いながら知らないと答えて、ギュホは仁川の人はみんな知ってるのに、と残念そうな顔をした。それからまた、ギュホは「親は、兄が病院を開いたらそこで仕事を手伝えって、一生黒子みたいにして暮らせってことなんでしょうね」と無表情でつけ加えた。なんだよ、渓谷の水かなにか？　何、この透明感。俺がまた複雑な家庭環境の話に弱いのをどこで聞いて、こんなに突然がっつり入ってくんだよ。なんで全部見せるんだ。短くない時間、こっち側の人間として生きてきて、自分自身について飾り立てることなくどこまでも真実に近く、赤裸々に恥部までさらすのはギュホが初めてだった。それに人の言うことなどまったく聞かないように見えて、なにげに言われたとおりに従うところもある子だった。俺はそんなギュホを見ながら少し特別な気分になった。何も答えずにぼうっとしている俺を見て、ギュホが少し気落ちした表情で言った。

――仁川の人はみんな知ってるのに。ユ・ソルヒ。

俺はおでんのスープを底が見えるまで飲み干してギュホに言った。

――今日時間あります？

――どうしてですか。

――ただでミュージカル観せてあげる。

――うわ、ほんとですか？　いいんですか？　ミュージカル初めてなんですけど。

生まれて初めて観るミュージカルが最悪のキャスティングと噂される今回の回だなんて。逆に申し訳ないがしかたない。それがあなたの運命ってことで。

――一番いい席あげます。その代わり条件があります。

――何ですか。

――仲いい奴にジヨンっていうのがいるんです。あのとき、ひじで俺をど突いた奴。

――知ってます。あの体つきのいい日焼けした人。有名ですもんね。

――そうです。性格はゴミみたいなんだけど、ジヨンはなにげに間違ったことは言わない奴で。あいつが言ってたことがあるんです。年が違うのにため口きいてたら絶対にセックスした仲だって。俺たちもため口にしましょうよ。

――何歳なんですか？

――俺は八八年生まれ、お前は八九年生まれ。兄貴って呼べよ。

――あれ、どうして僕の年知ってるんですか？　でも僕、早生まれです。友人はみんな八八年生まれ。

――社会生活に早生まれもくそもあるかよ？　人生は実践だ。それに中退したって言ってたじゃん。

――……

――ごめん。なんか俺が悪かった。お前も早くため口にしろよ。

ふてくされた表情をしているギュホの薄い唇を見ていたら、なんだかこの世のあらゆる手段を使って彼をいじめたくなる気持ちと、この世のすべてをささげたくなる気持ちが交差した。

俺たちは並んで歩いて劇場に向かった。発券チームの先輩に頼んでギュホのチケットをもらった。ギュホ一人で劇場に入っていき、俺はいつものようにチケット売り場の横の小さなガラスケースの前に座って大きなステージの実況モニターを眺めていた。タイトなジーンズを穿いたダニーが車に乗り叫んだ。

――グリース・ライトニング！

セットの上の小さな車のヘッドライトがギュホの顔のあたりを照らしてるころかな。そう思うだけでも、いつもならとても聴いていられないはずのダニーの歌が少しましに思える気がしたのだとしたら、錯覚なのかなやっぱ。いつのまにかショーケースの後ろに座って「一緒に通おうユ・ソルヒ、ユ・ソルヒ看護スクール」と歌っている俺。どうすりゃいいんだ。

＊

土曜日午後、ギュホが突然俺んちに上がりこんできた。巨大なバックパックから彼が取り出したのはボッシュのドリルセット、旧正月の連休に中国のお客さんたちにチップをもらい、それで一大決心して買ったのだそうだ。

いったいどうしてハンドドリルなんてものを一大決心して買うのか理解できなかったけど。ギュホはタンスの横に押し込んであったカーテンポールとカーテンを取り出した。それから椅子の上に上がってポールをつけ始め、俺は椅子を手で押さえてギュホを見上げながら言った。

――なんでよりによってカーテン？

――寝てるとき、ずっとしかめっつらしてたからさ。

ものすごいぶさいくだった。にやっと笑ってしまった。汗をぽたぽた垂らしながらポールをつけてカーテンを設置したギュホ。俺は、できたっ、と言いながら椅子から降りてきたギュホの汗を拭いてやった。あったかい額。長い間つめ込んであったせいでしわだらけのカーテンをつけてみると、ほんとに光がちっともともれてこなかった。ここにはギュホと俺二人しかいない感じ。ギュホはハンドドリルセットを本棚の隣に置いて、これから出勤すると言った。

――もう？

——うん。今日は先輩たちと夕飯一緒に食べることにした。

——ドリル持ってかないの?

——重い。ほかに使うあてもないし。

——(じゃあなんで買ったんだよ)ちょっと座ってから行けよ。

すでに約束の時間に遅れているのだと、水一杯飲まずにあわてて外に出てしまったギュホ。俺は閉ざされたドアをずっと見つめた。たかだかカーテンをつけるためにここまで来たのか?仁川から?

なんだよ。感動させるなよ。


その日の夜、俺はせわしくドアを叩く音で目を覚ました。はっきりとした暗闇。くっそ、どこのどいつだ、こんな真夜中に。携帯を見てみると(不在通知が三件あって、時間は)七時半。なんだよ、朝なのにこんなに暗かったってわけ? ひたすらドアを叩きつける音に俺はゆっくりうなずきながら、パンツ一枚のままドアを開けた。ドアの前に立ったギュホはマカロンの箱を手にしていた。

——甘いもの食べると気分よくなるんだって。

——はぁ? 酔ってんのか?

——いや。会食はあったけど、酒は一杯しか飲んでない。

中に入れとも言う前にギュホは突然玄関の中にがばっと入ってきて、俺の口に水色のマカロンを一つ押し込んだ。

俺は反射的にそれを飲み込んだ。甘かった、甘いのが苦手な俺には甘すぎて、そうでなくとも眠くてしかめっつらになってる顔がさらにゆがんでしまった。ギュホは俺の額のしわを手でやさしくなでた。彼の冷たい手から甘い匂いがした。ギュホが俺に言った。

——一緒に出掛ける？

——あほか？　もっと寝る。

——熟睡したくせに。

——なんで知ってんだよ。どうしてわかるんだ。

——十二時から電話してたから。

——（不在通知はお前だったのか）わざと出なかったとしたらどうすんだよ。

——いいから、起きろよ。出かけよう。

出かけようと言うギュホのアクセントやまなざしは断固としていて、なぜかそうしないとならないような気になった。俺ってのは意地悪でわがままなとこはあっても、誰かにこうしようと言われるとそのとおりにするタイプなんだなこれがまた。正規教育課程をちゃんと履修した韓国人だからさ。俺はため息を一度深くつくと、パジャマ代わりにしてるトレーニングウェアにダウンジャケットを羽織って、ぶつぶつ言いながら彼の手に引っ張られていった。

週末の早朝の通りは人もまばらで、俺たちは、どこ行こうか、どこ行く？　涼しいところ行きたい、冬だからどこ行ったたって涼しいだろ、ソウルが見たい、お前が今見てるのソウルだから、ああだこうだ言い合った。でも、はたと思い出す場所があった。俺はギュホのダウンのフードの中に手を入れたまま、まるで荷車を押すみたいに坂を上った。ギュホの髪の毛からたばこの匂いがした。十分ほど過ぎると、駱山公園《ナクサン》に着いた。ギュホの広い額に汗がぽつぽつとにじんでいた。（たとえ一歳しか違わないにしても）若い子がこの程度で息切らしてどうするよ？　と突っ込んでから、そういや、夜通し仕事してたんだよな、と申し訳ない気持ちになった。もちろん表には出さなかったけど。ギュホが城郭に手をぽんと置いて言った。

――この灰色の石、ほんとに何百年も経ってるのかな？

――どうだろ。

そうやって俺たちはだまって城郭の縁によりかかった。俺は地平線のむこうに上り始めた太陽を見ながら、始まったばかりの朝と夜の終わりがぴったりとくっつくのを今さらながらに知った。ギュホは俺みたいにソウルを見下ろしながら、つまりだから、俺の方に目もくれずに言った。

――小さいころから陸地に、ソウルに来てみたかったんだ。できるだけ高い場所に来てみたかった。

――漢拏山《ハルラ》があるじゃん。

——っていうかさ……

——うん。

——うちら……あおうか？

——今、会ってるじゃん。

——ぜったい二度言わせるよな。どういう意味かわかってるくせに。

わかってるさ。よくわかってるけど、すごく聞きたい言葉だったし、そうしたいし、うん、という返事が喉元まででかかってたけど……でもさ、そうできない事情があるんだ。いくら今すぐそうしたくても、その前にまず話しておかないとならないことがあるんだ。そもそも最初に言っておくべきだったんだけどさ。その話をギュホにしてもいいのかわからないけれど、俺の勘を信じてみることにした。

——ギュホ、俺とつき合う前に知っておくべきことが二つある。まず俺は甘いものは嫌い。だからマカロンみたいなのは買ってこなくていい。なんなら金にしてくれ。

——こいつ。

——それからもう一つ。つまりだからさ、俺がさ。

＊

カイリー持ちだってこと。

些細なことには神経を使うのに、大きな問題の前ではむしろ達観する俺でも、カイリーに出くわしてからの最初の二、三か月は何がなんだかわからなかった。病気で除隊して部屋にいても、これがほんとに自分に起こったことなのか信じられず、こいつほんとに俺のなのかなって思うほどで。でもさ、たいしたことじゃない。薬があるんだし。死ぬまで毎朝ビタミン剤を一錠飲めばいいって思うことにした。セックスはコンドームをつければいいし。みんな教養レベルでその程度のことは知ってるだろ？　他人が二年間軍隊で腐ってる間、俺は半年で出てこられたんだから、人生楽できたと思うことにしよう、そう思ってた。母さんとティアラの奴らには腰のヘルニアで除隊したことになってる。姿勢も悪いし、ほんとにヘルニアなのはたしかだったし。その中でも、まともな頭をしてる奴はさすがにおかしいと思ったのか、こんなことを訊いてきたりもしたっけ。

――おい。お前うんこでも拾い食いしたのかよ？

――やべっ、ばれた。

みな、わははと笑っておしまいだ。奴らと酒を飲んでいて、保菌者と噂される子が通り過ぎると、お笑い担当のウンジョンがきまって「おい、みんなグラス隠せ」と言い、みんな大笑いした。俺も涙が出るくらい思いきり笑って、あ、そういや、俺の体にもあれがいるんだった、と思い出すと、そのときになってやっと背筋がぞっとしてきてこわばってきたっけ。でも普段は何にも考えてない。だからまとめると、俺にはカイリーがある。これは五年以上一緒に暮らしてきた家族も同然で。もしかしたら家族以上かもしれない。同じ血管を共有して同じ養分を食べて同じ息を吸ってさ。だから、これは俺なんだ。もう一人の俺。これからも俺だし死ぬまで俺なんだ。そして、あくまで俺だけのものじゃないとならない……。もし俺とつき合いたいのならの話だけど、そこんとこわかっといてもらわないと。俺は俺であると同時にカイリーだってことをさ。この話したのはお前が初めて。だからってプレッシャー感じる必要はない。すっかり男を信じこんでこのザマになった俺が言える義理じゃないけど、お前はなんとなく信用できる気がして話したんだ。もし重かったら、つか、そのほうが自然だと思うけどさ、自然の摂理だし、だから、このまま終わりにしてかまわない。その代わり静かにしててくれ。俺が今までどおり暮らせるようにさ。駱山公園のあたりに毛深い男がいた程度に覚えててくれればいいから。いや、いっそ全部忘れてくれ。俺みたいなのはお前の人生にそもそもいなかったってことにして、いつもみたいに平日はユ・ソルヒ看護スクールに行って、週末はクラブで酒を作って、ってしてくれよ。

ギュホはしばらくの間何も言わないまま、ほんとに何も聞かなかった人みたいに眉毛一つぴくりともさせずにソウルを見下ろし続けていて、俺は何をつけ加えようかと悩んで、

——じゃ、先に行くわ。ソウル見物して、考えてから連絡くれよ。面倒だったらしなくてもいいし。

それからわざとなんでもないふりをして城郭道に沿って降りてきた。ねじみたいな、酔いそうなくらいぐるぐるした道をもたもた歩いて降りてきたけど、どういうわけか脚から力が抜けてしかたない。なんで唇を嚙みしめてて、なんで下あごは震えてるんだよ。俺もまだまだだな。まだまだだと思いながら足を踏み出していると、俺の肩をつかむ手。振り返ると俺の前にギュホがいて、いつもは俺の目の高さにいたギュホの顔がちょっとだけ上にあった。俺よりも高い場所に立っていたから。切れ長のギュホの目からは涙がぽたぽた落ちていた。

——なんで、なんでもないことみたいに話すんだよ。

——これしきのことなんでもないだろ。生きてりゃいろいろあるし。

——それでも……なんで笑いながら言うんだよ。悲しそうに。

——泣くとしたら俺のほうだろ。なんでお前が泣くんだよ。

そうやってしばらく泣いてるギュホを見つめていた俺。泣くとすごいブサイクだった。ブサイクだったけどかわいい。かわいいけど不憫だ。俺がこいつを不憫に思うのはおかしいけどさ。ギュホが鼻水をすすりながら言った。

——あのさ、俺すごい猫好きなんだけど。でも飼えない。アレルギーがあるから。

——いきなりなんで猫が出てくんだよ。

——お前、デブで性格の悪い猫みたい。だからこれからはデブにゃんって呼ぶから。カイリーと同じくらい、つまらないニックネームだな。でも気に入った。

＊

いつだったかだいぶ時間が経ってから、二人で一緒に横になっていた夜に、ギュホに尋ねたことがある。カイリー持ちなのに、あのときどうしてすんなり俺とつき合うことにしたのかと。

——そんなのどっちだってかまわない、お前だったから。

だからとか、でも、それでも、じゃなくて、どっちだってかまわない、お前だったから。俺はその言葉が好きで、ずっと口の中で水を含むみたいに反芻した。

——どっちだってかわまない。

＊

俺とギュホがつき合うと言ったとき、一番喜んだのはティアラのみんなだった。

——わぁ！　おめでと。これからはうちらもクラブ、顔パスだよな？　酒もタダ？

どこまでもおめでたい奴ら。

＊

二人のうち、先に就職したのは意外にも（?）ギュホだった。実習を終えたギュホは、すぐに新沙洞《シンサドン》のある、性器拡大専門の泌尿器科とフランチャイズ系の整形外科のいくつかに合格した。今どきの就職難には珍しいことだった。とは言いつつも、ギュホは誰が見ても誠実なほうで生活力もあったけど、人生を開拓したり重要な決断を下すのはさっぱりだった。ギュホは俺のアドバイスで最終的には、性器拡大専門泌尿器科を選んだ。はたして俺の考えが正しかったのか、仕事は楽で、スクールの同期に比べると給料もいいようだと言った。

つき合っている間中ギュホが口癖のように俺に言っていた。

――デブにゃん、次は何するん。遊ぶん?

おそらく済州島の訛りなのだろう、語尾がすっと消えるような質問型の言い方を耳にするたびに俺はため息をつきながらギュホに最もふさわしい、俺たちの状況に最も的確な答えを親鳥みたいに差し出してやったものだった。俺の場合は日常的なことを、例えば、整理整頓だとかリサイクルゴミの分別などができない代わりに、骨太の選択はけっこう合理的にうまくやれるほうだった。もちろん、自分のことになるとてんでだめだから、俺の前途はめちゃくちゃだったし、願書を出した会社にも百社近く落ちて、世の中から完全に拒絶されたような気分を味わっていた。でも失望したり挫折はしていなくて。どうせ紆余曲折を経て合格したところで人生が上向くことなんて何一つないと、まえの会社で経験していたから。それは恋愛においても同じで、ギュホとの関係に、ときめきや大それた期待みたいなのはなかった。もしかしたら、それが俺たちが長続きした秘訣だったのかもしれない。

それなりにドラマチックだった始まりとは異なり、俺たちの恋愛はごくごく平凡すぎてあくびが出るくらいだった。どちらにせよ俺たちはつき合い始めたし、どちらにせよ、俺はデブにゃんになって、どちらにせよギュホはだんだん俺の前でコンタクトレンズじゃなくて分厚い眼鏡をかけ始めて、目と目の離れたポロロになってしまった。

ギュホが週末に仕事を終えた後、俺んちに来て寝るのが習慣になっていた。眠りの浅い俺のために忍び足でそっと帰ってくるギュホ。顔だけ洗って布団の中に入ると十秒で寝てしまう彼。俺はその小さな音にもきまって目を覚まし、ギュホの刈り上げた髪やおでこから漂うたばこの匂いをかぎながら、彼の後ろ頭に鼻を押しつけたまま、また眠りをむさぼったものだった。

そうやって午後にゆっくり起きた俺たちは、大豆もやしのスープやキムチチゲを作って食べてから外に出かけた。俺の場合、誰かに呼び出されでもしない限りベッドの外（特に人の多い場所）には絶対に出かけないタイプなのに、ギュホのほうは一か所でじっとしてるのは耐えられないタイプだった。どうしてそんなふうになるのか俺としては理解できなかったが、ともかくギュホのおかげで俺はこまめに社会見学させてもらった。

デートコースはジェントリフィケーションの流れに乗って変化していった。三清洞《サムチョンドン》や北村《プクチョン》の美術館、ギュホの勤め先近くの小道をぶらつき、普光洞《ポグァンドン》や望遠洞《マンウォンドン》を、解放村《ヘバンチョン》や聖水洞《ソンスドン》を過ぎるころには、二人とも五キロ以上も太っていた。最低賃金で働く、これ以上ないくらい貧しい俺のためにギュホが飯をおごってくれることが多かった。早く出世して返せというギュホに、いつだってえらそうに、当たり前だろ、と答えていたが、俺たちはどちらもそんな日は来ないとちゃんとわかっていた。

*

ギュホがカウンセリング室長に昇進したと、オージービーフを買って帰ってきた。お前んとこの病院は町医者でもないのにもう昇進かい、と言いながら肉を焼いた。聞いたところでは室長といってもたいした職責ではないようだったが、ギュホが院長に気に入られているのは確かなようだ。院長はギュホに、今どきの子と違ってたいしたものだとよく言うのだそうだ。

——今どきの子と違うってどういう意味だろ。

——垢ぬけないってこと。

院長の気持ちがわからないわけじゃなかった。ギュホ特有の無駄口をたたかないまじめな性格、遊び人ぽく見えるのになんとなく信頼の置ける見た目なんかは、俺がギュホを好きな理由でもあった。

『グリース』の公演が最終日に向かうころ、俺はある中堅の貿易会社に偶然ひっかかった。俺の実力に比べたら給料もいいところだったが、問題が一つあった。就職の最後の関門である身体検査だ。規模が大きい会社なだけに、指定された医療財団で血液検査を含む身体検査を受けないとならないという。普段薬を出してもらっている大学病院の主治医に打ち明けると、患者の同意のないウイルス検査は違法だから心配する必要はないと言った。でもしょせん他人ごとのように思っている感じがして、どうにももやもやした気分が晴れなかった。案の定、ネットで何度か検索してみると、俺と同じ理由で大企業の合格が取り消しになったケースがあった。悩んでいるところへギュホが妙案を出してきた。

——俺が代わりに受けるよ。うちら血液型も一緒じゃん。

恋愛初期に血液型や星座なんかを尋ねて相性をみるというから、まぬけなことぬかしやがるとばかにしていた記憶があるが、こういうときに役立つとはな。俺たちは背丈も体重も似通ってるだけじゃなくて血液型もAB型で同じだった。それもそのはず（俺の目にははっきりと違っていたけど）知らない人たちは俺たち二人の区別がつかなかった。二人とも軽度の肥満クラスに太ってからはさらにそうだった。そりゃいい、とりあえずやってみよう。ギュホを俺の代わりに身体検査に送り込むことにした。いざギュホが俺の身分証を持って検査を受けに行った日には、ぼけをかましてぼろが出るんじゃないかと気が気じゃなかった。

――別になんともなかった。

安堵のため息をつきながら、ギュホの携帯メールを受け取った俺。

結局、俺は最後の公演二回を残して貿易会社の研修に行くことになった。その年、トリプルキャストで始まった『グリース』は、音域の狭い二人の俳優だけがワンキャストで残ったまま幕を下ろし、プログラム二百冊はそっくりそのまま残った。

＊

就職してからも、ギュホはクラブの仕事を辞めなかった。医師国家試験を前に兄の腐った性格はさらにひどくなっているのだと、はやく賃貸のための保証金を貯めて家を出るのだと言った。ギュホは平日の五日間病院で働くのでは足りず、週末の二日はクラブに出て、そのうえ隔週で土曜日の午前中の病院勤務もこなしていた。週に一、二度だったデートの回数はひと月に一、二度に目に見えて減った。代わりにギュホが俺んちに来て倒れこむようにして寝る日が増えた。二人とも小金を手にするようになってからはそれでもまともなものを食べるようになり、ホテルで過ごす休日ってのをやってみようとソウル市内のホテルを予約して一晩過ごしたりもした。入浴剤を入れて一緒にバスタブに腰かけてシャンパンを飲み、その写真をインスタやフェイスブックにアップするのも怠らなかったし、バスローブを着てソウルの全景を眺めたり、他人がやってることはみんなやってみた。もちろん一番大切な唯一のことはしなかった。できなかったと言うほうが近いだろう。ギュホのは必ずといっていいほど、ほんとに必ずといっていいほどコンドームをつけると萎えてしまったし、じゃあ、とはりきって俺がコンドームをつけると今度はギュホのから血が出ることがあったし、二人ともバイアグラを飲んでからすることもあったし、にしたってなんでまたバイアグラを飲むと消化不良が起きて、鼻までつまるんだ。そうじゃなくとも毎朝薬を忘れず飲むのだって面倒なのに、消化剤に肝臓疾患用剤に、飲まなきゃならないものも増えて（もちろんギュホがかいがいしく準備してくれたけど）。いつもは存在感の薄いカイリーが、そういうときになるとぬっと俺の人生に顔をのぞかせる気分だった。それでもこういうのはみんな限りなく平凡でありがちなつき合って三年めのカップルの姿に過ぎないのだと、感傷的にならないようにした。ギュホの服のポケットからバイアグラのジェネリック薬や射精遅延剤みたいなのが見つかることもあった。製薬会社からサンプルを送ってくるのだと言った。病院のそこらじゅうに転がってる。そりゃそうだろうな。でもどうして、よりによってこういうのを持ち歩いてるんだろう、ふとそう思うたびに俺はギュホが一人で日本に行ったときのことを思い浮かべたものだった。「好きなだけ浮気してこいって、俺は大丈夫だから」。先に言ったのは俺だったよな。俺はカイリー持ちだから、俺のせいでギュホがしたいことをすべてできないのはよくわかっていた。あんまりナイーブなことは考えないようにしよう。俺は何も信じなければ俺のそばにギュホを置いておけた。俺を守れた。大丈夫。人生はすべてを手に入れることなどできないんだから。

カイリー。

これは、完全に俺が背負ってくものなんだから。

＊

平日に休みがとれて家で寝てると言っていたはずのギュホが、鼻息も荒く俺んちへやって来た。

――どうしたんだ。

――もう、あの野郎とは暮らせない。

ギュホが作っておいた料理をおとなしく食べているだけだったはずの兄という輩が、ギュホが病院勤務で忙しくなると、食事を作っておかないと文句を言い始めた。我慢できなくなったギュホがいらだちを見せるや、冷蔵庫の中にあった卵をギュホの顔めがけて投げつけたのだという。聞いてるこっちの顔がかっとしてくる気分だった。ギュホの肩や首に黄身がこびりついていた。

――おい、引っ越しトラック呼べ。

その足で仁川に駆けつけたギュホと俺。地下鉄で二時間かかる距離だった。毎日通勤のために、俺んちに来るために、この道を行き来してたのか。つき合って七百日を過ぎたというのに、ただの一度もギュホの住む町に来たことがなかったのかと、なんだか申し訳ない気分になった。駅で降りてバスに乗り換えたが、突然見慣れないような、でもどこかで目にしたような広告が流れ始めた。「一緒に通おうユ・ソルヒ、ユ・ソルヒ看護スクール。ユ・ソルヒ看護スクールに行けば看護大学に行ける」。ギュホと俺は目を合わせたまま笑いをこらえた。

家に着くと兄だという野郎は何か食いに出かけたのか、見当たらず、割れた卵も冷蔵庫の前でそのままだった。俺はギュホにすぐに荷物をまとめるように言った。ギュホの荷物は洋服と靴二足、ノートパソコンがすべてで、大きなスーツケース一つにみな収まる程度だった。

――これで全部?

――うん。これと、あと俺の金で買ったマットレス。

その家でギュホの持ち物はちょうどそれくらいらしかった。タイミングよく一トントラックが到着し、俺とギュホは半病人の腰でもって、うなり声をあげながらスーパーシングルサイズのマットレスをトラックに積んだ。

その日、空には冷たい星が浮かび、俺たちはトラックのそれはそれは狭い助手席に一緒にぎっちり肩を寄せて座り、太ももに互いの体温を感じながら家に向かう高速道路を走った。俺んちじゃなく、俺たちの家に。街路灯がついたオレンジ色の道路に、なぜか涙が出そうだったし、すべてがまた一から始まる気分だった。

もちろん、その気分が冷めるのに長い時間はかからなかった。狭いワンルームには、ギュホのマットレスをどう置いてもちゃんと収まらなかった。結局ベランダの扉の前に中途半端に置くしかなかった。ベランダに出るたびにギュホのマットレスや枕をまたいでいかないとだった。三日間俺と一緒のベッドで寝ていたギュホは、俺のいびきがうるさすぎて、古い自分のマットレスで寝始めた。窓の隙間から冷たい風がもれてきたものだった。ギュホは電気マットをつけて寝ると体はあったかいのに鼻だけ冷たくて、それがおかしいと言った。

一緒に暮らしだしてまもなくしてギュホはクラブのバーテンダーの仕事を辞めた。体力が持たずこれ以上はできないと言っていたが、どうやら保証金を貯めるモチベーションが消えてしまったようだった。最後の勤務の日には、クラブの社長がギュホにモエ・エ・シャンドンを二本サービスしてくれた。ギュホの友人たちと俺の友人たちがテーブルに集まり、シャンパンをみなで飲んだ。

＊

一緒に暮らしだしてからというもの、俺たちは今までになくしょっちゅう喧嘩をした。たいした理由ではなかったし、たいがいは生活習慣の違いから起きるもめごとだった。

俺は洗濯物を乾かすのに命をかけるほうで、物干しラックにかける前に何度もパンパンしてしわを防止するのはもちろんだし、干すときも洗濯物どうし一定の間隔を保ち、家じゅうの窓を開けて物干しラックに向けて扇風機までつけた。ギュホの場合は、洗濯物を適当に、もうほんとに適当としか言いようのないくらい適当に干して、しまいには窓まで締め切ったまま家の中をサウナみたいにしておいた。そうやってゆっくり乾いた服は、しわくちゃの雑巾みたいな臭いがしてくるにきまってた。何度小言を言っても直らないから、一度仕事から戻ってきたギュホの顔に俺のTシャツを投げつけた。

——おい、雑巾臭いじゃねーか。

——お前の鼻の下からする臭いじゃん。

そうやって始まった喧嘩は、きまってどちらかが怒鳴らないと終わらなくて……

会社勤めを始めると、ストレスがたまるたびに何かを買ってくる癖がついた。ギュホも同じで、俺の場合は本や小さな小物みたいなので、ギュホは服とか日用品を競うように買い集めた。ギュホは読みもしない本を、俺は着もしない服を処分するべきだと主張したが、互いにゆずるつもりはなかった。狭い部屋に物があふれていった。

ギュホは物をどこにでも置きっぱなしにする俺の癖が気に入らなかった。どんなものにも定位置があるのだと言いはるギュホに、「この狭苦しい部屋に定位置もくそもあるか。俺の通った所が道でそこが場所になるんだ！」と叫んで、ほとんど別れる一歩手前まで行った。

殺したいくらい憎らしかったのに、しばらくするとなんでもなくなって、今日の夕飯のメニューは何で明日買い出しに行くときはゴミ袋買ってくるの忘れるなよ、みたいな話をしたものだった。たいがいは各自のベッドで寝たが、ときどき一つのベッドで寝ることもあって、セックスをするのではなく、ただ交代で腕枕をして胸板や脇の匂いをかぎながら、それが愛で、恋愛なんだと信じる関係に落ち着いていた。

＊

お互いの休暇を合わせてタイに旅行に行って来た。一週間にもなる長い時間だった。

ギュホが忘れ物はないか、パスポートはちゃんと持ったか確認しろと何度もうるさかった。いつもなら小言はいい加減にしろといらっとしたのだろうけど、前科（？）があった手前、我慢して聞いていた。前回、日本旅行を準備していたとき、ギュホと一緒に鍾路《チョンノ》区庁でパスポートを作った。あのとき、初めての海外旅行のくせして、すっかり旅慣れているようなふりをした。あれはあれでなかなか自分でもかわいかったかもしれない。前回の旅行とは異なり、今回は始まりからスムーズだった。リニューアル工事がまだ終わっていない仮オープンのパークハイアットを手軽な価格で予約した。備考欄に冗談で「ハネムーン」と書いておいたときはたいした期待もしていなかったが、いざ客室に入ってみると、ベッドの上にシャンパン一本とお祝いのカードが置いてあった。それに予約した部屋の全自動式カーテンが壊れていて、支配人が客室最上階のスイートルームに変更までしてくれたのだった。部屋二つ分はある広々とした客室に足を踏みいれるや、ギュホと俺は歓声をあげた。

その日の夜、俺たちはふだんは高くて使えないルラボのボディクレンザーをバスタブに入れて一緒にシャンパンを飲みながらバブルバスを楽しんだ。互いの頭に泡を高く積み上げたままマリー・アントワネット風の写真を撮ってげらげら笑った。酔いにまかせてインスタに写真アップして、二人で酒を一本空け、指先の指紋がしわしわになるまで一緒にバスタブに座っていた。それから、顔があまりに熱くなってバスローブを着て出てきてベッドに横になった。俺はギュホの赤くなった顔を見ながら眠りについた。

夢も見ずに熟睡して起きたときは、なぜかギュホも俺もバスローブを脱いで裸のままお互いを抱きしめていた。いつものように何も言わずに俺に抱かれているギュホ。俺はギュホのすっとした鼻先や頬をなでた。クーラーをつけておいたせいか、肌が冷たく乾燥しているように感じた。

その日の午前中はあちこち見て回りショッピングをした。ギュホが話でしか聞いたことのないカオサンロードに行ってみたいと言うので、水上タクシーに乗って向かった。船に乗った瞬間、突然スコールが降ってきて、結局ずぶ濡れになったままカオサンロードに到着した。雨は降り注ぎ全身が濡れていたのに、雨を避ける場所はなく、近所の五万ウォンのゲストハウスに部屋を取った。共用シャワールーム（と呼ばれるホースがいくつかついているだけのセメント構造のぼろい空間）で交代にシャワーを浴びてから、ぎしぎし音を立てるベッドに服を脱いで横たわった。それからセックスをした。天井についている大きなシーリングファンが素早くまわるのを見ながら、俺たちは二人が一つの体になっていくようだと思った。それは実に久しぶりの感覚だった。

雨が止み、外に出たときは日が暮れていた。俺たちは紫色に美しく沈んでいく夕日を眺めながらビールを一杯飲んだ。クマのプーさんのタンクトップを二枚買っておそろいで着た。土曜日は揃いのタンクトップを着て一緒にクラブに行った。夜中の十二時を過ぎるころになって知ってる曲が流れ始めた。T - ARAの〈セクシーラブ〉。何年ぶりだろ。（たぶん自称バンコクのT - ARAと思われる）ローカルがどっとステージに出てきて一心不乱に群舞を踊り始めた。ギュホと俺は悲鳴をあげながら互いを抱きしめ、ぴょんぴょん飛び跳ねた。ギュホの頭があったかくて気分がよかったし、俺たちはこれ見よがしにキスをした。

恋人同士が海外旅行にいくと必ず喧嘩するというのをどこかで読んだことがあるが、俺たちも例にもれなかった。一緒にクラブに行き、よその男に目をくれたといって、タクシーが進まないと言って、それ以外に思い出せないようなことで俺たちは言い争ったし、互いに口もきかないでいて酒を飲んでキスをすれば、またすべて元どおりになった。

バカンスだったから。

＊

再び日常に戻った俺たちは、与えられただけの業務とそれに伴う疲労に浸かって暮らした。タイで買ったタンクトップは部屋着になった。胸元に描かれたクマのプーさんの顔は毛羽立ち、ラーメンの汁が飛び散り、すぐに色あせていった。ときどき一緒に旅行の思い出を振り返って笑いあったりもしたが、大部分、すげえ疲れた、という言葉をピンポンみたいにやりとりするだけだった。いつの間にかギュホと俺は、互いの存在をけだるい日常ととらえるようになってしまった。汗まみれのまま繰り返される退屈な日々と同じようなものなんだと。

それ以降、俺たちはこれまでにないくらい喧嘩ばかりしていた。二、三度、完全に別れたこともある。別れている間、一回はギュホが、もう一回は俺が家を出ていき、別の男たちとつき合った。俺の場合はけっこうな数になったし、おそらくギュホもそうだったはずだ。時間が過ぎ、憎しみも、怨みも、喧嘩の原因も忘れるころになると俺たちはまた家に戻ってきて、互いに何も尋ねないまま沈黙の中で和解し、関係を続けていった。別れと和解の境界があいまいになっていった。

*

年が変わり、俺たちは中国語教室に通い始めた。ギュホの勤める病院が中国の大手医療法人との合弁事業で北京と上海に病院を出すという話を聞いて、俺が提案したものだった。ちょうど俺の部署でも中国駐在員を選ぶという噂が出ていた。一緒にいる時間がぐっと減ってきてから、趣味をかねて一緒に何かをしてみるのもいいと思った。授業が遅くまである日はギュホと一緒にタクシーに乗って帰宅した。遠く別々の方向を眺めながら座る俺たち。窓の外にソウルの風景がゆっくりと過ぎていった。ギュホに初めて会った日、この道はネオンサインの明かりで燦燦《さんさん》ときらめいてたっけ。あのときのあの感情が浮かび上がって、思わずくすっと笑ってしまった。先頭を切って受講証を手に入れたのは俺だったが、進度はギュホのほうがはるかに速かった。暗記が苦手で小さいころから漢字が不得意だった俺とは違って、ギュホは元来の誠実さを発揮してどんどん進度を進めていった。ギュホは結局、半年でＨＳＫ［漢語水平考試］五級に合格した。俺の場合、みごとに落ちはしたがとりあえず、上海駐在員のポジションには応募しておくことにした。

二週間後、俺と二年上の先輩のうちの一人に候補が絞られたという噂が出回った。ギュホはさっそく上海店のコーディネーター兼室長職に志願し合格した。ギュホの病院でいくらか滞在費用までサポートしてくれると言った。俺たちは上海のどのあたりに部屋を借りるか、上海のゲイクラブはどこにあるか、物価はどれくらいか、家具はどこで買えるかについて調べた。別の都市へ行くというのは単なる物理的な変化だけを意味するのではなかった。俺らを取り巻く環境を完全に変えることで、この関係を、ギュホと俺の感情をつなぎとめておきたかった。就労ビザを調べていたときに半年以上の滞在には現地で身体検査を受けないといけないという条項を目にした。血液検査を伴う身体検査。検索すると、中国で最近急スピードで広がっている性感染症を厳しく取り締まっているという記事がいくつか出てきた。

カイリー。

欲を出し過ぎた。この三年間、俺はあまりにも多くのものを手にした。過ぎたるは猶及ばざるが如しとはよく言ったものだ。だから……。

俺は翌日チーム長に、母親の長患いを理由に中国駐在員は諦めないとならないようだと話した。ギュホには、俺の代わりに先輩が中国に行くことになったと伝えた。ギュホは自分も行かないと、どうせここでも必要としてくれる病院はたくさんあると言った。俺はいつものようにギュホに一番ふさわしい答えをしてやった。

――行ったほうがいい。こんないいチャンスを逃すなよ。お前は行かないと。

ギュホは何も答えなかった。

＊

それから二か月あまりの間、俺たちはいつもと変わらぬ日常を送った。互いの冗談に大きな声で笑いキスをして、骨を取った魚の身を互いのスプーンの上にのせてやり、ときどき一緒にシャワーを浴びて、そうしている間にも家にはギュホの巨大なカバンが届き、ギュホの持ち物が引き出しからカバンにつめ込まれた。一瞬、切ない気持ちにもなったが、俺はあえてギュホについていこうとは考えなかった。このときめきも刹那に過ぎないとわかっているから。夜が終わる時点と日が昇る時点はつながっているから。今こんなにドキドキする感情が続くのは、結局俺たちが完全に終わりへ向かっているという意味なんだろうな。

同じ家で眠った最後の夜、先に眠りについたギュホの顔を見つめた。いつものように死んだように寝ているギュホ。お前はどうして何も言わないんだろう。まるで人の顔色をうかがってるみたいにさ。どんなに一緒に暮らしたって、いつまでも他人の家に居候してるみたいにしてさ。それは俺のせいなのか、お前のせいなのか、じゃなけりゃどうすることもできないことだったんだろうか。

出国の日、ギュホと俺は一緒に仁川空港へ向かった。巨大なキャスターつきのカバン一つとスーツケースをチェックインすると搭乗時間まで一時間ほどあった。ギュホが腹がすいたと言ってパリバゲットでギュホの好きなコロッケパンと牛乳を買ってきた。お前は食べないのかと言うから首を横に振った。腹が減ったと言っていたギュホはコロッケパンを一口かじって俺に尋ねた。

――待っててくれるん？

――現地の人とつき合えば外国語も早く上達するらしいぞ。

――何がそんなにおかしいんだよ？　笑える話か？

――俺はもともとおもしろい奴じゃん。

――俺たち別れるん？

――質問やめにしろ。もう尋ねる人もいないから。

――お前は俺なしでも平気なん？

ギュホは食べかけのコロッケパンを荒々しく俺の手に持たせた。それから泣きそうなのか、でなけりゃめちゃくちゃ頭にきたような表情で立ち上がると、出国ゲートのほうに素早く歩いていった。山みたいな図体をしているのに、歩いていくその姿はまるでぷんぷん怒った小学生みたいだった。いつもはあまり感情の起伏のない奴なんだけど。たぶん俺が望む答えを一つも答えてやらなかったからなんだろうな。俺は遠くなっていくギュホの後ろ姿をじっと見つめてから振り返った。

平日午前の空港鉄道は驚くほど閑散としていた。車窓の外に灰色の干潟と根もとだけ残った乾いた作物がどこまでも続いていた。ぼうっとそれらを眺めていると、ふとここは仁川だったと気づいた。「仁川と言えばユ・ソルヒ看護スクール」。突然浮かんできたギュホの声。一緒に通おうユ・ソルヒ、ユ・ソルヒ看護スクール。頭のおかしくなった人みたいに一人でつぶやいていたら突然恥ずかしくなって、周囲を見まわした。荷物を持っていないのは俺だけだった。すっかり冷めてしまったコロッケパンだけが、まだ俺の手の中にあるだけだった。俺はギュホの歯型のついたコロッケパンをじっと見つめた。突然、元気の出る曲を、それもカイリー・ミノーグやT-ARAみたいなのが聴きたいのに、よりによって携帯のバッテリーはほとんど切れかかってる。こういうとき、ギュホだったら補助バッテリーを差し出してくれるのに。それだけじゃない。毎朝薬と水を用意してくれて、唇が乾くとリップバームを差し出してくれて、俺の部屋に遮光カーテンもつけてくれて、背中がかゆいと掻いてくれて、俺より先にバスルームに入って空気をあっためておいてくれる、そんな人はお前しかいなかったし、だからほんとはさ、俺、お前がいないとだめかもしれない、ギュホ……。俺はどんどん曇っていく窓の外の風景を見つめながらソウルに、俺があまりにもよく知る大都会へと向かった。

遅い雨季のバカンス

久しぶりにUberに乗って彼が教えてくれた場所に着いたとき、俺が少し驚いたのは、単なる大型ショッピングモールだと思っていた目的地が、実はパークハイアットだったからだ。

忘れていた。

忘れていたということに、ロビーに入ってからやっと気づいた。

去年の今ごろとまったく同じやわらかなベージュトーンのロビーデザイン、高級そうなのにどこかチープな感じのするらせん形のシャンデリアと、足音のしないように敷かれたダークブラウンのカーペットまで。自身を支配人だと紹介していたフランス人が、まるで植え込んだみたいに同じ場所で同じ服を着て立っているのを見たとき、俺は笑ってしまった。ここはあのときのあの建物なのに、俺はあのときのあの場所と、今のこの場所が完全に同じだということに気がつかなかったし、振り返ってみるとあのときと今の俺は完全に違う気分、違う姿でここに立っていた。

支配人が俺をミスター・パクと呼んで握手を求めてきた。俺は予想だにしていなかった歓待にとまどい、あいまいに微笑んだ。フランス訛りのある彼の英語。パスポートにはさんであった彼の名刺。一緒にいらしていた方はお元気ですか、と尋ねる言葉に俺はただにこりと微笑んだ。俺は最大限はっきりと、あやしくもなければ、不慣れなことも何一つないと言わんばかりの堂々とした態度と声のトーンで、三十階のルームナンバーとハビビの名前を告げた。

部屋のドアが開いたとき少しびっくりしたのは、ハビビの顔が初めて会ったときに比べてやけに疲れて老けて見えたせいもあるが、部屋のつくりに見覚えがあったからだ。時に、空間に関する記憶は、人やエピソードに関する記憶よりも鮮明に残る。半分ほど開かれた自動カーテンと新しい匂いのする布張りのソファ、黒い大理石の独立したバスルームまで。一年前に泊まった部屋と同じつくりのスイートルームだった。

ハビビが俺の肩に手をかけ、軽くハグをした。俺は、彼についてあまり知らなかった。アメリカの大学で経済を専攻した金融マンだということ。Tinderアプリ上では三十九歳だが、実際はそれよりもずっと年上だということ。ネクタイピンとカフスボタンを使うほどフォーマルなスーツスタイルを好み、ロレックスの時計に、多種多様な通貨をルイ・ヴィトンの長財布に入れていること。それから十月の末、遅いバカンスの時期に暇を持て余してる俺をここに呼んだということ。

俺は、自分自身の現実についても実感のわいていないところだった。わずか数か月前までは、三十二歳の俺が、十月末の遅い雨季のバカンスに出かけることになるとは思ってもいなかったから。

このすべての始まりにはギュホがいた。

＊

ギュホがいなくなってからまず最初にしたのは、ベッドを捨てることだった。

ちょっと前まで俺の狭苦しいワンルームには、スーパーシングルサイズのマットレスとクイーンサイズのテンピュールのベッドが並んでいた。そこに本棚が二つに机が一つ、冷蔵庫まであって足の踏み場もなかった。スーパーシングルサイズのマットレスはギュホが俺んちに住み始めるときに持ってきたもので、最近発がん性物質が含まれているとニュースになっていたブランドのものだった。マットレスの下段に太極マークみたいなロゴがついてるのを確かめた。寝れば寝るほど腰がよけいに痛くなる気がすると言っていたギュホのしかめっつらを思い出して、ついつい笑ってしまった。テンピュールのベッドは俺が作家デビューしたとき、腰の悪い俺に親父が贈ってくれたものだった。親父は当時、景気もよくないのに事業をタコ足のごとく拡大して、口がしまらないくらい小切手をつめ込んだ財布を持ち歩いたりと、あやしげな雰囲気を全身に漂わせていた。案の定、一年もしないで裏契約で公金を横領して脱税したのがばれて、現在全国津々浦々を逃走中だ。

このあたりにたしか醤油をこぼしたはずだけど。

俺は発がん性物質のラドンが出るというマットレスを一人で捨てようとして、ギュホと寿司を食べたときのことを思い出した。何かいいことがあった日だったんだろうな。俺たちが寿司を頼んで食べる日はだいたいそういう日だったから。

ギュホがマットレスに座って寿司をつまんで食べていて（いつものごとく）器をひっくり返し、俺がすぐに服の裾で醤油を拭く。一瞬だったのにマットレスに醤油のシミが残ってしまう。

一人でスーパーシングルサイズのマットレスを背負うには、俺の腰は万全とは言えないのに気がついたときは、すでにどれも時遅しだったし、俺はかかとまでびりびりくるような神経痛を感じながらマットレスをやっとのことで焼却場に放り投げた。部屋に戻ると、テレビから、発がん性物質の見つかったマットレスメーカーが無償で回収するというニュースが流れてきた。腰の痛みはひかなかった。

再び引き返すにはあまりにも遅すぎた。

＊

ギュホと別れてから二つめにしたのは辞表を出すことだった。

ギュホが出国してから、俺は経営支援チームに異動になった。経営支援とは名ばかりで、実際の業務はティッシュやモップ、蛍光ペンみたいなありとあらゆる雑多なものを購入して社内に配るだけだった。算数さえできれば小学生でもできる仕事で、俺みたいなこれといった能力も意欲もない人にはぴったりの場所だった。会社としても、俺としても、（残業をしなくてすむという点で）満足な決定と言えたのだろうが、俺は毎日出所不明の怒りを感じていたし、出勤時間になると、今日一日、誰のことも憎まずに終われますようにと願った。新しい部署の誰一人ともろくに親しくならず、毛深い静物となって生きながらえていた。以前の職場でもそうだったが、今回はもうほんとにこれで終わりにする、と思いながら毎日耐えた。そうしてるうちに三十二インチだったウエストが三十六インチまで伸びてしまい、代理に昇進し、インターネットのラージサイズ専門ショッピングモールで服を買うしかない状況になってしまった。体も心も日々重くなっていった。

ギュホがいなくなってから、ベッドからなかなか起き上がれなくなった。遅刻する日がときどきあったし、髭剃りや洗顔をしないのはしょっちゅうだったし、ズボンのファスナーが開いていたり、シャツのボタンをかけちがえたまま出勤して、家に帰ってきてから気づくこともあった。髭剃りや手の爪の手入れ、歯磨きといった衛生管理がひどくぜいたくなことに思えた。多少、不真面目そうな外見とは異なり小中高十二年間皆勤賞で、出かけるときはシャワーを欠かさない、ちょっとした強迫症のある俺にとって、それはなかなか特別な経験だった。机にあったものを一日一つずつ家に持って帰った。あらゆるものが整理されるころ、辞表を出した。気持ちが高揚したり、ドキドキしたり、すっきりしたりはしなかった。

ただ、なにもかもみなうんざりだった。

＊

ギュホと別れてから三つめにしたのは、バンコク行きの飛行機に乗ることだった。

当初の計画どおりなら、退職金が残っている間、モダンで優雅なライフスタイルを送るはずだった。十二時から八時まで熟睡し、コーヒーを淹れて飲み、一日に三時間ずつ運動をして、ギターも習い、死ぬほど本を読んで、ものを書いて、着実に金を使いながら過ごすはずだったのに、いざ目を覚ますと今が何時なのか、太陽はどこにあるのかすらわからなかった。俺は日常のリズムを完璧に崩してしまった。最初は人生を無駄にしているような一抹の罪悪感ぐらいは感じていたものの、時間が過ぎると、もうどうでもいいやと思うようになった。ただ金が使われるまま、人生が流れるまま、このまま流されてみよう。そうして部屋でテンピュールのベッドの上に横たわっていると、あ、これってマジでなにげに完璧な死の状態じゃないかと悟り、嫌気がさすことにすら嫌気がさすってあるんだなと知り、スマホを手にして普段はやらないTinderを開いた。誰かひっかからないかな、誰でもいいから俺をこの棺桶みたいなベッドから、こじれて腐っていく日常から外へつれ出してくれないかなと願いつつ、全人類をもろともとっかえる勢いで「Like」ボタンを押した。そのうちの誰かとやっとマッチングすれば、今どうですか？　とメッセージを送り、ようやくベッドから起き上がり、たいして良くもないセックスのために外にでかけた。

彼とマッチングが成立したのは、単なるミスだった。

スーツ姿の写真に三十九歳という年齢。わざわざコロンビア大学経済学部と書いておくあたりがおかしくて、詳しく見てみようとプロフィールを押した。どんな頭のいかれた奴なのか知らないが、顔はばっちり隠しておきながら、出身大学——それもアイビーリーグ——は書いておきたかったようだが、名前はアレックスで、シンガポール系マレーシア人だった。愛読書はケインズの『雇用、利子および貨幣の一般理論』。好きなアーティストはバッハとラフマニノフ？はいはい、いかにもだな。海外出張が多く、いろんな国での滞在スケジュールをあえて書き並べていた。あやしいったらないプロフィールをあれこれさぐりながら知らぬ間に思わず「Super Like」ボタンを押してしまった。俺たちはマッチングされ、すぐに彼からメッセージが来た。今から自分のホテルに来れられるかと。俺は三秒ほど考えて、行けると返事した。彼はフォーシーズンズホテルのルームナンバーを教えてくれた。俺はシャワーも浴びずに、パジャマ代わりに着ているトレーニングウェアにキャップだけ深くかぶってホテルに向かった。フロントのスタッフが投げかけるいぶかしげな視線を感じながら、教えてもらった部屋のドアをノックしているときも、俺はなんの期待もしていなかった。俺が何を想像しようと、それ以下のことしか起きないと相場が決まってるのが人生だったから。

彼の部屋でシャワーを浴びながら、ちょうど四日ぶりだと思った。頭皮がかゆくなりすぎると痛くなるものなんだと思って、笑えた。

彼とのセックスはよくも悪くもなかった。照明を暗く落としてあり、部屋は思ったよりも広くて、彼のうなじからはトム・フォード・レザーの香りがした。シャワーをしてから顔に何も塗らないでいたらつっぱるなと思っただけだった。

彼がバスルームに入っている間、テーブルの上に置いてあったルイ・ヴィトンの長財布をさぐってみた。万が一に備えて身分証を携帯カメラで撮っておいた。年は四十代半ば、本国での名前はハビビだった。やっぱり年ごまかしてたな。中国の元と香港のドル、タイのバーツとどこのかわからない金。海外出張の多い仕事なのかな。五万ウォン札数枚があったので、手を出そうかと思ったがやめた。ときどき俺は俺自身ですら驚くほど不道徳になる。

彼がバスタオルを腰に巻いたままバスルームから出てきた。俺は大きな過ちを犯したわけでもないのに——金を盗んだわけじゃないから——妙に後ろめたくなって目をそらした。山奥に潜む獣にでもなったようにうずくまっている俺を彼がじっと眺めてた。

——あの、韓国語で「シキへイシイサン」はどういう意味ですか？

——はい？　なんのことでしょう？

——ホテルの外からずっとそういう声が聞こえてきたんで。デモ隊が叫んでいたんです。

——もしかして……積弊清算？

——はい。そのことみたいですね。

思わず吹き出して、失礼なほど大きな声で笑った。おなかがよじれるほどさんざん笑ってからようやく、大笑いするのなんて実に久しぶりだと気がついた。最後に笑ったのはいつだったたっけか。

——おもしろい言葉なんですか？

——いえ、そういうんじゃなくて……

英語でなんと説明すればいいかわからず口をつぐんでしまった。また俺たちの間にきまずい沈黙が流れた。ハビビは何かを一生懸命考えているような表情をしていたかと思うと、突然俺に尋ねた。

——一緒にバンコクに行きません？

*

当初、ギュホと俺が予約していた部屋のタイプはキングベッドルームだった。

当時のパークハイアットはリニューアル工事の最終段階で、いくつかの付属施設は未完成のまま仮オープンした状態だった。当然宿泊客も多くはなかった。何かを選択する状況になるといつだってパニックに陥ってしまうギュホの代わりに、俺が予算から航空券、ホテル、旅行期間まですべて決めた。百五十八万ウォンの宿泊費のうち俺が七十八万、ギュホが八十万ウォン出した。そのときの（もしかしたらいつでも）俺たちにはかなり贅沢な金額だった。カードで決済をするときには胃がきりきりしたが、あのときはそうするだけの理由がちゃんとあると信じていた。俺たちにはどうしても休息が必要だった。

二十一階の客室に入るや、俺たちはバックパックを床に放り投げたまま靴も脱がずにならんでベッドに横になった。長めのフライトの疲れが残っていた。ギュホが片腕を伸ばして俺の眉間にふれてしわをそっとのばし、俺は舌を出した。洗っていないギュホの手のひらはしょっぱかった。並んで横になったまま俺たちを取り囲んでいるガラス窓を眺めた。窓のむこうに広い庭園のある大邸宅が見下ろせた。誰かの家というより、テーマパークといってもいいほどうっそうとしていて手入れが行き届いていた。しばらくの間その邸宅を眺めていたが、さすがにちょっと眠ったほうがいいと思い、靴と服を脱いだ。ギュホが俺の胸元に飛び込んでくると、彼の頭からいつもの匂いがした。たぶん俺からも似たような種類の匂いがしたはずだ。カーテンを閉めるボタンを押した。ゆっくりと光がさえぎられていった。目を閉じようとするのに、なにかおかしかった。カーテンが完全に閉じず、数センチほどの隙間から光が差し込んでいた。俺は素足で窓際に近づいて、カーテンレールが真ん中で切れているのを確かめた。

——お、ここ、見てみろよ。

——いいから寝よ。

——いや、これ見てみろって。カーテンが閉まらない。

――いいから寝ようって。

――これじゃ寝られないだろ。

俺はフロントに電話をしてカーテンが壊れているようだと伝え、ギュホは枕で顔をおおったまま、また始まったよとつぶやいた。メンテナンスのスタッフが入ってきて、カーテンレールをチェックするとすぐに支配人までやって来た。フランス人でスーツ姿の中年男性だった。支配人は親切に仮オープン中で未整備なところがあるようだと、部屋をアップグレードしてくれると言った。俺はその話をギュホに伝え、ギュホはいつもの気の抜けた微笑みを見せた。支配人が手ずから俺たちのバックパックを両肩にかけて背負った。彼の滑らかなスーツと俺たちのぼろぼろのバックパックが妙によく似合っていた。俺たちは二匹のハムスターみたいに彼の後をついていった。彼が俺たちのバックパックをおろしたのは、ルーフトップの真下にある部屋だった。彼は新しいカードキーを渡しながら、俺の名前とパークスイートキングという部屋のタイプを見せてくれて、ギュホはその名前がどっかのマイナーなＲＰＧのラスボスの名前みたいだと言った。それから彼は、お詫びに九時から始まるルーフトップバーのオープンパーティーに俺たちを招待した。無料で酒が飲めるともつけ加えて。俺はできるだけ教養のある人に見えるようふるまい、時間があれば行ってみると答えた。部屋のドアが閉まると俺たちはがしっと抱き合って悲鳴をあげた。それもそのはず、部屋はそれはもう広くて最高だった。俺はギュホのリュックの前ポケットから俺たちのパスポートと両替した金の入った封筒を取り出した。パスポートカバーにはポロロが描かれていた。ポロロは、部厚い眼鏡をかけると目が点みたいに小さくなるギュホに俺がつけてやったニックネームだった。俺は顔が少し大きくて鼻の穴がよく見えるほうだから、クロン。ポロロとクロンのパスポートと金の入った封筒を黒い布張りのセキュリティボックスに入れた。

　生まれて初めてパスポートを作るというギュホのために、一緒に鍾路区《チョンノ》庁舎に行った。英文表記をどうすればいいかと悩むギュホの代わりに、俺が「Q Ho」とつけてやった。ギュホは覚えやすいスペルだと喜んだ。俺はギュホの耳に近づいて言った。

——クィア　ホモ（Queer Homo）を縮めたんだ。

——殺されたいのか？

　ギュホは英語が驚くほどできなくて、それに比べるとなぜか中国語や日本語なんかのアジア系言語はすぐにマスターした。俺はギュホと正反対で、高校のときに漢文試験のあらゆる問題を誠心誠意解いても三十点を超えたことがなかった。漢文の先生が、俺がビリだというのを全校中に言いふらして、しばらくは恥さらしもいいとこだった。でも『フレンズ』や『ふたりは友達？　ウィル&グレイス』『セックス・アンド・ザ・シティ』なんかのドラマを飽きるほど観たおかげで、英語はそれなりにできるほうだった。ギュホの田舎は島だったが、俺はギュホの親戚の中に日本人がいるんじゃないかと疑ったことがあった。それくらい、ギュホの歯並びは特徴があって、あごの小さい人にありがちなやわらかい発音だった。俺はそれをいつもかわいがってた。

その日の夜、俺たちは互いのコーディネートに大忙しだった。バックパックにつめてきた服といったって水着兼用の短パンにH&Mで買った六千ウォンのタンクトップ数枚で、その中からそれでも一番チープに見えない服を探した。さすがに襟つきがいいと思い、色違いのポロシャツをお揃いで着て、ジーンズに足の指の見えないスニーカーを履くのがせいぜいだった。

エレベーターに乗って三十階に上がった。耳がもんもんとして指で鼻をつまんで息をふくらませた。

エレベーターの扉が開くと、なんとまあ、そこでは本当に大パーティーが開かれていた。ぴしっとしたスーツにチーフを挿し込み、ポマードを塗ったオールバックの男たち、オフショルダーのドレスで着飾ったフルメイクの女たち……。国籍は見当のつかないルックスのDJがいつのかわからない音楽をかけていた。カルティエのブレスレットにパテックフィリップの時計、ヴァンクリーフ&アーペルのネックレスとエルメスの靴が俺たちの間を通り抜けて行った。近づいてきたスタッフにルームナンバーを告げてどこに座ればいいかと尋ねると、スタンディングパーティーだからどこでも好きなところで楽しむように言われた。ギュホはほぼ二階分くらいあるDJブースの前に立って、DJセットやウーファーなんかを興味深そうにさわり、俺はそんなギュホをつれて窓際に向かった。俺たちは光沢のあるレザーのソファに座って肩を並べて、バンコクのきらめく夜景を眺めた。値段の書いてないメニューを受け取り、モーターサイクルという名前のカクテルを飲んだ。グラスの縁にしょっぱくて甘いスパイスみたいなのがついていたが、それを舌で舐めてると、がぜん酒がするすると流れるように飲みやすくなった。こんなにうまいのがタダだなんてな。ちょっと嬉しくなってしまった俺たちはメニューにある酒という酒をすべて注文して、ウィスキーベースのカクテルのおかげで一瞬にして酔っぱらってしまった。草の味がするのもあったし、甘いのから苦いのまで……。結局はなんの酒なのかは全然重要じゃなくなって、俺たちは焼けたように赤くなった互いの顔を見て、ほてった額をおさえながら、グラスの縁のスパイスを何度も舐めた。小さいころに戻ってアイスクリームを舐めるみたいにカクテルグラスを舐める俺たちの姿がおかしくて、笑い続けるしかなかった。俺たち以外にもみんな笑っていたし、酔えば酔うほど、気の大きくなった俺たちは互いに抱きしめあったまま夜の雰囲気を、どんどん曇っていくバンコクの夜景を、その熱くてしっとりした空気を、すべての瞬間を、五歳の子どもみたいに楽しんだ。

＊

ギュホと別れてから、俺は本を一冊出した。

ギュホとつき合ってるときも小説を書いてはいた。小説を書くんだと意気込んで、仕事から帰ると、靴下をその辺に脱ぎ捨てたまま机の前に座る俺。スクールから帰ったギュホは、玄関の前でひっくりかえったままの俺の靴下を洗濯かごにいれてからため息をつく。これといった理由もなくヒステリックになる俺に甘いものを差し出すギュホ。ギュホは俺のかんしゃくをなだめるのに甘いものほど効くものはないと言う。そうしてから、ベッドに座ってドラえもんのぬいぐるみと目を合わせてこう言うのだ。

――作家大先生のおでましですねー、ん？

俺は、お前のせいで今日の仕事はだいなしだと、むやみにギュホを言い訳にしてベッドに横になる。深くしわのきざまれた俺の眉間をやさしくなでるギュホの薬指。彼の手からただよっていた水の匂い。俺はふざけてギュホの手に嚙みついてギュホは痛いふりをする（ほんとに痛かったかもしれない）。俺が納得のいくものを書けないときはいつも、手の届きそうで届かないものがあると痛感しているときはいつも、ギュホが俺に日本式のカレーや洋食やどんぶりみたいなのを食べさせてくれる。

――なんでちゃんと食べないんだ？

――つかさ、ギュホ。

――うん。

――俺……カレー嫌いだし。

俺の小説の中でギュホは何回も死んだ。

農薬を飲んで、首をつって、交通事故で、手首を切って……。

ギュホはヘテロになったりゲイになったり、女にもなれば、子どもや軍人にもなって……ともかく人間がなれるほとんどのものになって、結局は死ぬ。

死んだ状態で俺に愛され、俺に思い出され、俺の夢そのものとして結局は残る。俺の記憶の中のギュホはいつだって完結した状態で冷たく凍りついている。

そんなギュホと俺の記憶も、ガラス幕のむこうで真空状態で保存された状態で残る。

永遠に二人のまま。

＊

ときどき、全部俺のせいのような気がして、時に、理由もなくなにもかもが悔しかった。

朝日を開けると一番最初に浮かぶ考えだった。脈略なく、ランダムに思い浮かぶものたちで俺の人生が埋め尽くされているのは間違いなかった。そう思い出したのは、ギュホが発つ前だったか後だったか。時計を見るとお昼が過ぎていて、ということは朝じゃなかった。

ゆうべは、あのときのあのルーフトップバーにハビビと一緒に行った。当時は閉まっていた屋上のフロアもオープンしていて、俺たちは天井が吹き抜けになったバーの片隅のテーブルでシャンパンを一本頼み一緒に飲んだ。今回はシャツやコットンのスラックスなどを持ってきていた。肌寒くてブランケットをもらった。ハビビはブランケットを肩にかけたまま震えているのにシャンパンのグラスを手放せない俺を見て笑った。俺も彼を見てときどき笑うしかなかったが、国籍といい世代といい何一つ共通点がないせいで、会話はすぐに途切れてしまった。俺はハビビにアメリカでの大学生活はどうだったかと尋ねた（経験上エリートたちの口を開かせるのにこれほどいい質問はなかった）。意外にもハビビの答えは短かった。

――厳しくて、孤独でしたよ。

――そうだったんですか？

だから三年で学士号を取って、すぐに帰国して香港にあるグローバルな投資銀行に入ったのだという（案の定エリート特有のさりげない自慢と適度な自嘲の混ざった返事だった）。

――投資銀行に勤めていた当時は感情を押し殺していて、胃炎や片頭痛、ストレス性不眠症を抱えていました。そしてある日、暗闇が訪れたのです。

――はい？

――文字どおり暗闇です。前がやたら真っ暗になって病院に行ったら、原因はないというのですよ。だから二週間家にこもっていました。人生に明かりが消えてみると、おかしなことに私自身が私について何一つまともにわかっていないと気づいたんですね。自分は何が好きなのか、自分の部屋はどうなっているのか、何をどういうふうに食べて暮らしているのか、休むときはたして何をしているのか、また明かりをつけるためには何をすべきなのか……。なにせ、人生にはっきりとした指標や青写真がなかったのは初めてでしたから、ひどく無能になった気分でしたよ。

——なるほど。

俺としても理解できない感情じゃなかった。激務やストレス、予想しきれない喪失が人間の人生にどんな影響を与えるのかはよくわかっていたから。でも、物理的に前が見えない状況というのはちょっと、あまりにもドラマティックなんじゃないかと思ったし、会話が思いもしない方向に流れてしまって戸惑った俺は、急いで質問を一つ絞り出した。もう少し軽くなれるものに。

——そこで男とつき合ったことはないんですか？

ハビビは軽く微笑むとうなずいた。そしてつけ加えた。

——アラビア語で私の名前は、愛という意味なんだそうですよ。

何かもっと話すつもりだったのか口元が少し動いたものの、黙ってシャンパンをぐっと飲み干した。アラブの男とつき合ってたのかな。なんとなく、もじゃもじゃのひげや長くてふさふさのまつげの質感が思い浮かんだ。それにしてもさ、この男はＣＩＡから来たの？　何を訊いてもまともに答えないで余韻ばっかり残すってどうなの。これといった事情もなさそうなのに。なんてことを思っているとハビビが俺に尋ねた。

——あなたの名前にも意味がありますか？　韓国の人たちの名前にはみな意味があると聞きましたけど。

――高い場所で光り輝く、だそうです。父が金を払ってつけてもらった名前で。

――星みたいに？

――核爆弾みたいに（Like a nuclear weapon）。

氷つくような寒いジョークにもハビビはくくくと声を出して笑った。薄暗い照明のもとでうなだれた彼の顔はひどく疲れて見えた。突然、彼を何としてでも慰めてあげたいという（俺らしくない利他的な）気持ちがわいてきたけれど、すぐに、そんな感情はただの自己憐憫に過ぎないと客観的な判断に落ち着いた。ずいぶん酒を飲んだ俺たちは再びエレベーターに乗って降りてきた。俺は彼の後頭部のポマードの小さなかたまりを見ながら、客室に向かった、俺とギュホが泊まっていた部屋、今は俺とハビビが泊まっているその部屋に。

＊

トイレから聞こえてきた大きな破裂音で目を覚ました。何だろ。思ったよりも飲んでいたせいで、服を着たままうとうとしてしまったようだった。俺は脚がふらふらするのを感じながらリビングのトイレのほうに向かった。引き戸を開けると、便器を抱えているハビビが見えた。便器に吐こうとしたのか、そうでなければただ抱えたまま寝てしまったのかわからないが、かなり滑稽な姿だった。幸い、吐瀉物までは確認しなかったが、便器の水槽にひびが入っていた。

便器をおさえて立ち上がろうとしたのだろうか。ホテルが高額の修理費用を請求してこないだろうか。どうせ彼にとっては、割れた便器の金額なんてたかが知れてるか。濡れたキャベツみたいな彼の体を起こしたが、顔は汗なのか涙なのかでまみれていた。ここで泣きながら寝てしまったのだろうか。床に落ちている割れた携帯には、ルー、と保存された人との会話の痕跡が見えた。ルー。男にも女にもありえる名前。

彼あるいは彼女と英語や中国語を混ぜて会話した内容を読んだ。はっきりとはわからなかったが、家族のうちの誰かががんにかかっていて、早く家に帰ってきてほしいという内容のようだった。使っている単語や名前の表記法を見ると香港出身のワイフ、あるいはハズバンドのようだった。やっぱり既婚者だった。

俺は、ひ弱な腰でけっして小さくない体格のハビビをひきずりベッドに寝かせた。俺が寝ていた場所に大の字で寝ているハビビを見てると妙な気分になった。まだスーツのままのハビビの服を脱がせた。ヒューゴボスのシャツにバーバリーのトランクス、ミッソーニの靴下か。ったく、どこまでもアイビーリーグ出身の四十代のおっさんの趣味らしいと思い、このあらゆる陳腐さに全身からすっと力が抜けていった。

彼はなぜ俺をここに呼んだのだろうか。

＊

ベッドから起きると、ハビビの残したメモがテーブルの上にあった。カンファレンスに行くと、夜遅くにホテルに戻ると。ダイニングテーブルの上には食べ残したルームサービスの皿が一つと、五千バーツが置いてあった。メイドのチップにしては多すぎるから、おそらく俺に使えということだろうな。俺は金をポケットに入れて、ダイエットをしたみたいにやせ細ったチキンのもも肉をつまんで食べた。すっかり冷めていてまずかった。テーブルに置かれた領収証を見ると二万ウォンになる額だった。ここの物価と鶏肉のボリュームみたいなのを考慮すると、かなり高かった。ソファに座って脚をもんだ。血液循環がうまくいってないのかな。じいさんでもないのに。

午後には十階の屋外プールで日差しを浴びながら泳いだ。俺の隣で白人の男女がしきりに水のかけあいをして遊んでいた。どこでも目にする中国人三人がサンベッドに横たわっていた。その近くを通り過ぎるときに、中国語で「太った韓国人」とささやくのが聞こえた。俺がわからないとでも思ってんだろ。笑うのをこらえるのに必死だった。

中国語を習おうと言ったのは俺だったが、コースを最後まで終わらせたのはギュホだった。ギュホは決定するのが苦手なだけで、一度決めたら誠実にやりとげるずばぬけた資質があった。ギュホは決して遅刻や欠席をせず、講師が暗記してこいという単語をみな覚えて、日々会話ファイルを聴きこんだ。俺はそれが不思議だった。あんなに誠実な子がなんで中退したんだろ？　一度聞いてみようと思ったが、それがギュホにとってはかなり重要かつ致命的な問題かもしれないと思って尋ねなかった。

あのとき適当に習った中国語がこんなところで役に立つとはな。やっぱり人生に無駄なものはない。とはいえどれも無駄なものなんてないというのは、もう少し正確に言えば、人生にそれほど役立つものもないという意味でもあって。俺は水面下にもぐりこんで白人たちの細い脚を眺めた。

泳いでから軽くシャワーを浴びて、ホテルの下にあるセントラル・エンバシーをざっと見てまわった。泳いだせいか小腹が空いた。結局二階のプラダの隣のＰＡＵＬという初めて目にするベーカリーに衝動的に入った。フランス語とタイ語のメニューを見て、オリーブとハラペーニョがたっぷり入ったパンとラテを注文して食べた。パンは思ったより辛くて鼻がつんとした。韓国料理が一番辛いと言いはる輩はいったいなんなんだい。ナプキンではなをかんでハビビに携帯メッセージを送っておいた。

僕は水泳をしてランチを食べました。仕事は順調ですか？　あなたの核爆弾より。

すぐに返事が来たが、カンファレンスが長引くようだと、イギリス大使館でのディナーにまで招待されているからホテルに戻るのはだいぶ遅くなりそうだと。すまない、という言葉をつけ加えてあった。

すまないだなんて。こっちはありがたいよ。どう返事をしようか考えてから「大丈夫ですよ……仕方ないですよ……」と送った。単語の間に「…」をたくさんつけて、ちょっとさみしそうな口調にした。それからまたラテを飲んで、携帯でTinderを開いてスワイプしはじめた。この人はチュラーロンコーン大学を出て、この人はタマサート大学を出て、デザインを専攻、中国系でダブルで、二十七歳で、四十歳で……知らない男たちとマッチングされたとのメッセージがたまり始めた。俺はこれがみんな金だったらいいのにと思いながら、しばらくの間そうやって近場の男たちを物色し、いきなり、全部面倒になって携帯を閉じた。

なんでもいいから手あたり次第買ってみるのはどうだろう。カードの限度額まで。

俺はカフェを出て、モールのほかのフロアを回った。ナイキとサンローランとコーヒービーンとヴィヴィアン・ウエストウッドとZARAとロベルト・カヴァリとヴェルサーチェまで見て回ったが、買いたいものは何一つなかったし、エスカレーターで上がってみてもこれといったものは見つけられなかった。そんな中、膝をとんとん叩きながら高層フロアにたどり着いたとき、ふと見おぼえのある看板を見つけた。

ウォンジン美容外科（Wonjin Beauty Medical Group）。

――あ、うちのダーリンの痛いの直してくれるとこだ。

ギュホがそう言ったとき、俺はなんて答えたっけ？（いつもみたいに）悪態をついたんだっけ？

（いつもみたいに）こっそりギュホのあそこをちらっとさわったんだっけか？　それでまた言い合いになったんだっけ？　そうだったかもしれないし、そうじゃなかったかもしれないよな。近ごろの俺の記憶ってのは、てんであてにならなかった。

ここで右に曲がって後ろを向くとたぶん……あった。

使い捨てコンタクトレンズショップと宝石店。

＊

俺たちは去年の今ごろ、このコンタクトレンズショップに立ち寄った。その前夜、クラブで夜通し踊り明かし、ギュホが浮かれて首を振っていてレンズを片方落としてしまったからだった。ギュホはかなり目が悪く、店の在庫で度数の合うレンズは一つだと言われた。しかも、ものすごい分厚いサークルラインの入った使い捨てカラーコンタクトだった。おい、どうする？ギュホは、目が米粒みたいになる眼鏡をかけるくらいならいっそサークルレンズにすると答えた。現金で支払うと十五パーセント割引してくれるというので、財布をひっくり返してみたがパーツが足りなかった。ちょうどウォンが少し残っていたので近所の両替所を検索してみると、同じフロアにある宝石店で高い両替率で両替してくれるというブログを見つけた。俺は両替所でウォンをいくらか両替した帰りに、ZARAのマネキンに引き寄せられてナイロンジャケットに目をうばわれたままずるずる店舗に入って買ってしまった。遅れてレンズショップに着いてみると、噴き出してしまった。ギュホはすでにレンズの包装をやぶいて目につけていて、いつもだったらまぶたに半分くらい覆われている眠そうな黒い瞳がものすごく大きくなって、まるで麻薬中毒者か、日本のギャグ漫画に出てくる名探偵うさみちゃんみたいになっていたからだ。ギュホがつぶらな瞳をまばたかせながら俺をとがめた。

——なんでこんなに遅いんだよ。待ちくたびれて死んだらどうすんだよ？　ずいぶんすっきりすんだろうな。

——悪い。おかしすぎて話せないよ。こんにちはうさみちゃん？

——クマ吉！　つか何また買ってんだよ？

俺はショッピングバッグからナイロンジャケットを取り出して見せてやり、ギュホはため息をついた。俺が両替したばかりの金でレンズ代を支払った。ギュホはいつも（韓国でもタイでも）つけていたウエストポーチにレンズをひと箱しまった。目が二倍大きく見えるきらきらしたギュホと俺はセントラル・エンバシーから出て、ギュホがあらかじめ探しておいた薬局の住所をグーグルマップで探してみた。ホテルから高架鉄道（BTS）で二十分もかからない距離だった。

薬局の最寄りの駅で降りてからは、方向音痴のギュホの代わりに俺が道を探した。奥まったところにあるはずだと思っていたのに、意外にも薬局は大通りに面していた。店の内部もほかの薬局とそれほど変わりなかった。俺はネットで検索した抗ＨＩＶのジェネリック薬を薬剤師に見せた。薬剤師なのか店員なのかわからない男が俺たちに薬を一袋差し出して、英語で服用方法を説明してくれた。毎日決まった時間に一錠服用するだけで病気を完璧に予防してくれるのだそうだ。完璧だなんて。どうしてそんなふうに確信できるんだろう？　不安な性交渉前に二錠、二十四時間ごとに一錠、そのあと二回飲むだけで十分に感染を防げるとつけ加えた。俺は携帯のメモパッドに服用方法をメモしながら七年前の俺がそれを知っていたら、何か変わっていただろうかと考えた。

今とはずいぶん違う人生を生きているだろうか？　それはどんな人生なんだろう？　今よりましなのか、悪いのか、あるいは今とたいして変わらないのか……。延々と考え続けて、考えるのをやめてしまった。俺たちはジェネリック薬三袋とシロップタイプのカマグラをひと箱を購入した。二十万ウォンしなかったが現金払いなら十パーセント負けてくれるというので、そうした。一日で金を使いすぎたような気がしてさっさとホテルに帰ってきた。免税店で買ってきたウオッカをコンビニで買ってきたカラマンシージュースで割って飲み、日が暮れるまでプールサイドで横になっていた。

翌朝、ベッドから起き上がったとき、俺たちはぱんぱんにむくんだ互いの顔を見て大笑いした。夜遅くまで二人で塩味のきいたスナックをつまみにウオッカをひと瓶空けたからだろう。

ギュホが寝ぼけまなこのまま錠剤と水を持ってきた、初めて見る薬を二錠ギュホの口に、見なれた形の薬を俺の口に押し込んだ。

――カイリーにも休暇をやるんだ。

――おう。

俺たちは鏡の前で並んで歯磨きをして、大きなシャワーブースで一緒にシャワーを浴びた後、すぐにホテルの外に出た。もたもたしてたら、またひと眠りしかねなかったから。

俺たちはあてどもなく道を歩きだした。

――どこ行こうか。

ギュホは海が見たいと言った。二十何年も海辺に住んでいたのに、まだ海が見たいとは。海なんてみんな同じじゃないのか、と思いつつ答えた。

――海はめちゃくちゃ遠い。

――なんで？　タイだろ。海に囲まれてるんじゃないのか？

――プーケットやサムイみたいな島はな。ここはバンコク。ソウルと変わらない。海に行くとなるとかなり遠出になる。

――バンコクも陸地なんだなあ。

陸地、という言葉を実際に口にする人を見たのはギュホが初めてだった。俺たちがちょうどつき合いだしたころ、なぜソウルに来たのかという問いにギュホはこう答えていた。

――陸地に来るのが夢だったんだ。

陸地だなんて、夢だなんて。戦後世代みたいな、それでいてどこか脱北者みたいな彼の表情にちょっと気が遠くなるような気がして、俺も無意識に大笑いしてしまった。

――なんで笑うん。

――おい、訛り笑える。

――笑うな。

――悪い。じゃ今の夢は？

――夢って言ったら……そうだな。金をたくさん稼ぐこと。それから……

――それから？

――お前と一緒にこうやって真夜中の道を歩くこと。

――う……

俺はオーバーに腕をぼりぼり掻いて、そっとギュホと腕を組んだ。いつもだったらありえないんだけど夢だって言うんだから、これくらいはしてやってもいいかなと思ったし、真夜中の梨花《イファ》十字路はたちこめているPM2・5すらほんのりとした演出効果みたいに感じられるありさまで、俺たちは破滅したディストピアにたった二人残ったような気分で家まで歩いていった。早いピッチで飲みすぎたせいか、足を踏み出すたびに酔いから醒めるような気がしたが、それでも平気だったのはギュホと一緒だったから。じきに、みすぼらしい部屋に帰って水の流れの悪い便器に酒臭い小便をするのだろうし、服を脱いでシャワーを浴びて扇風機をつけたままギュホと一緒に肌を合わせているはずだから。俺たちだけが残っているのだから。

そうやってつき合いだして二年になってしまったのが信じられなかった。あのときのときめきがやたら恋しくなって、そっとギュホのひじをさわってみた。タイに来てからは暑いからとスキンシップの範囲はここまでと言われていた。ギュホのひじはいつものように硬く乾いていた。ギュホはきらきらした目でこちらをちらっと見ると尋ねた。

——俺たちこれから何するん？

——海の代わりに川見に行く？ ここも漢江《ハンガン》みたいにめちゃくちゃでかい川がある。タクシーで二十分くらいでチャオプラヤー川に出る。そこから船に乗ればカオサンロードだ。

——ああ。俺も聞いたわ。カオサンロード。行ってみよう。

すぐにタクシーに乗って船着き場に向かった俺たちは、黒い煙を吐き出しながら到着した水上タクシーに七百ウォンちょっとを払って乗った。ここでは水上タクシーがかなり重要な交通手段なのか、制服を着た学生たちや出勤するサラリーマンたちがどやどや乗り込んできた。俺たちは遊覧船に乗った気分で、俺たちの体格に比べるとあまりに小さいオレンジ色のプラスチックの椅子に肩を並べて座った。船が出発すると思ったよりもかなり揺れて、どうにもしんどそうな音をたてながらゆっくりと前方に移動しはじめた。船が川をさかのぼって五分もしないうちに突然、黒雲が押し寄せてきた。

――なんで雨？　乾季だろ。
――遅い雨季だよ。
――それって乾季じゃないのか。
――遅い雨季も雨季は雨季らしい。
――おい、あそこ見ろよ。

雨をつれた雲が文字通り目に見えるスピードで俺たちのほうに迫ってきて、一瞬で黒雲の影響圏に入った船に風が吹きつけ小雨が降ってきた。俺たち以外のほかの乗客はこういう状況に慣れているのか、席から立ち上がって隅のビニールのひさしを下ろし始めた。俺たちもならって乾かして巻きあげてあるひさしを下ろした。ひさしをすべて下ろした瞬間、嘘みたいな暴風雨が降りはじめた。エンジンが猛烈な音を出しているのに船はいっこうに進もうとはしなかった。雷が鳴りはじめ、雨脚の太い雨が雹《ひょう》みたいに船の天井を叩きつけた。ひさしの間から雨水が流れてきて、湯気が立ち込め始めた。俺たちは互いの膝をくっつけたままぐらつく船に耐えた。ギュホの熱い膝に手を置いていると不思議とけだるい気分になってきた。船が揺れても不安じゃなかった。俺はギュホの膝が汗でしめってくるまでじっと手をあてていた。ギュホが膝が熱いと言って俺の手を自分の冷たい掌の上にのせた。船着き場を二、三か所過ぎると、船を埋め尽くしていた乗客たちはみな降りてしまった。汗に濡れた俺たちの手が冷たい手すりに移動するころになっても雨はまだやまなかった。雨がやんだら、どこでもいいから船着き場で降りてタクシーに乗ろうと思っていたが、間違いだった。人が少なくなると船はさらに揺れがひどくなった。ギュホが船酔いしたみたいだと言った。次の船着き場に着いたとき俺たちは衝動的に船から降りてしまった。

——お前の好きな陸地だぞ、ギュホ。

——うん、マジで船酔いで死ぬかと思った。

船着き場の軒先でしばし雨がやむのを待ってみたが、無駄だった。一時的な雨ではなくほとんどスコールになりそうだった。近所には店も人も何も見えなかった。

——ギュホ、うちらどうする？

ギュホが突然俺の携帯をうばうと、自分の携帯と一緒に脇にはさんでいた赤いウエストポーチにしまい込んだ。それから俺の手をわしづかみにした。俺たちは雨の降る道を走り始めた。三十秒もしないうちに全身ずぶ濡れになってしまった。コンビニで傘でも買おうとしたが、コンビニの看板すら見当たらなかった。息が切れ、足の裏が痛くなってくると、いったい何やってんだと思い始めた。ギュホにゆっくり歩こうと言ったが、ギュホは聞こえなかったのかひたすら俺の腕をひっぱっていた。俺は我慢できなくなって思わず大きな声を出した。ゆっくり行こうって。ギュホがうさぎみたいに大きく見開いた目で振り返った。笑うところなのに表情がこわばってしまった。二人の間にしばし沈黙が流れた。ギュホが突然地面に寝そべった。

——何してんだよ。

——何って。疲れたから休んでみた。

——だからなんで地面に寝るんだよ。

——子どものころ、西帰浦《ソグィポ》で暮らしてるときはよくこうしてた。

——車道に寝転んでたってこと？

——うん、海沿いの道路でこうやっていちんち寝そべってるのが仕事だった。

——どうかしてる。死ななかったのが不思議だね。危ないだろ。

——ただこうしてるのが好きでさ。涼しくて、居心地がよくて。目を開けると空が目の前に広がってて、空に包まれてるような感じもしてさ。

——ポエムか!?　さっさと起きろ。

俺がギュホの手をつかんだ瞬間、ギュホが俺の体を引き寄せた。俺はかたむいて地面にしゃがみこんだ。

——お前も横んなれよ。

おいおい、この子頭どうかしたのかと思ったが、どこまでも穏やかなギュホの顔を見たら、ふっと気持ちがやわらいだ。どうせもう濡れてるんだしな。俺はそのままギュホと並んで道端に横になってしまった。雨が容赦なく顔を打ちつけ、目を細めて空を見上げた。誰かが間違って画用紙に水をこぼしてしまったみたいにぐちゃぐちゃになった空。ギュホと一緒に汚れた布団をかぶっているような気分だった。ギュホが目を閉じたまま俺に言った。

――俺、今めちゃ幸せ。

――パンツまでびしょ濡れで、何が幸せだよ。

――ただお前とここにこうしてるってのがさ。それが幸せ。

＊

夜遅くにハビビが帰ってきた。ドアを開けるとショッピングバッグを手にしていた。元来のくすんだ顔色に赤みがさしているのを見ると、ディナーの席で一杯飲んできたようだった。一緒に過ごしてわずか二日なのに、なぜか家族のような感覚を抱かせる人だった。もしかしたらほんとに家庭があって、誰かとどこであろうと、同じような方式で根を下ろし、同じやり方で花を咲かせるのに慣れているのかもしれない。彼が持ってきたショッピングバッグを開けてみると、オリエンタルホテルのベーカリーの名前が見えた。ハビビは俺に、マカロンをおいしそうに食べていたから、と俺のために買ってきたと言った。甘いもの好きなのは俺じゃなくてギュホだった。ギュホについてこの店あの店を訪ねてスイーツを食べ歩いているうちに、いつのまにか炭水化物中毒になり、気がついたら間食が習慣になっていた。ハビビが俺の口にピンクのマカロンを一つほうりこんだ。俺はそれを半分ほど食べてあとはテーブルの上に置いておいた。俺には甘すぎた。ハビビと一緒にいるときの俺はものすごく小さな子どもになったようでも、意図せずして親になってしまったようでもあった。ハビビがズボンを脱いで（別に興味もない）今日あったことをしゃべりだした。ホテルの前の大邸宅は個人所有ではなくイギリス大使館だ、そこの美しい英国式ガーデンでテーブルを広げてイギリスとタイの官僚たちとステーキやらロブスター、貝柱のラビオリを食べた、今夜バンコクで両国の平和と和合を記念する花火大会が開かれるのだと、だから花火がよく見える部屋を押さえたとつけ加えた。ハビビはトランクス一枚で窓際に近づいていき、目星もつけられそうにない遠い地点を指さして言った。

――今夜、僕らは世界で一番美しい花火を見るんだよ。

花火は花火だろ、世界で一番美しい花火ってのはまたなんなんだい。一番高い爆竹だって意味なのか。だからなんだってんだ。

――眠れないほど大きな音がするんだ。この目の前の大使館通りで爆竹をならすからね。

突然すべてが耐えがたく思えてきた俺は、まともに返事もせずにバスルームに入ってバスタブに熱いお湯をためはじめた。お湯がたまる前に頭からつっこんだ。お湯の中で目を開けると水面にゆらめく影が見えた。静まりかえった中で水の落ちる音だけが聞こえてきて、それがよかった。このままじっと、何もかも止まってしまえばいいのに。

息を止めていられるだけ止めて顔をあげた。

――前世は魚かよ？

モーテルだろうがどこだろうが、バスタブさえあればきまってお湯をためて入っていた俺にギュホが言った言葉。

——そこで誰かがうんこやおしっこしてるかもしれないんだぞ。

お前も入ってこいという言葉に、ギュホは下水溝に体を沈めるのと一緒だと言って断った。どっちだってかまわない、俺はバスタブがいっぱいになるまでお湯をためてつむじまでお湯の中につかっていたものだった。つむじまでつかると膝が浮き上がってきて膝をひっこめると頭が飛び出し、結局は完璧にお湯に潜り込むのには失敗して。将来たくさん稼いで、プールみたいな大きなバスタブを買おう、そんなことを思っていた気がする。

アメニティのルラボのボディクレンザーをボトルごとすべて注いで一番強い水圧でお湯を入れると、泡がホイップクリームみたいにもくもくわきあがってきた。ふくらんできた泡で窒息してしまいたいと思いながら、目を閉じた。

＊

あの日、俺たちの足が止まった場所は、見慣れぬゲストハウスだった。

いつもなら、手をあげさえすればドラマのワンシーンみたいに確実に捕まっていたタクシーが、どれも通り過ぎていった。雨足がさらに激しくなり足首まで水につかってしまってからは、それすらもよく見えなかった。俺たちは手を握って民家の間を迷路をつたうようにさまよいながら、せめて座る場所だけでも出てきてくれと願った。そして見つけた看板が一つ、ゲストハウス。俺たちはすぐに建物の中に入っていった。

共用シャワールームに、クーラーではなくシーリングファンのついた部屋が五万ウォンだという。現地の物価や建物の状態を見ると、さすがにぼられてるんじゃないかと思ったが、つべこべ言ってる場合じゃなかった。結局部屋に入った俺たちは、思わず大笑いしてしまった。ベッドが一つ置いてあるだけなのにすでに足の踏み場もない、部屋というよりもお棺に近い大きさだった。ギュホと俺は順番に共用シャワールーム（というよりは、ホースがいくつかついているだけの空間）で、生ぬるいお湯でシャワーをしてからフロントでもらった二枚の大きなバスタオルをベッドの上に敷いて並んで横になった。天井ではカタカタ音を立てる大きな鉄製のシーリングファンが回っていて、俺はギュホにあれが落ちてきたら俺たちはひき肉みたいになる、よな？　としょうもない話をして、ギュホは一緒にハンバーガーのパテになろう、とのってくれて、俺のほうに腕を伸ばした。平均よりも少し短いギュホの腕に平均よりも少しでかい俺の頭はうまくフィットしなかったけど、俺たちはたいした問題じゃないふりをしてだまって腕枕をしていた。そうしてどちらからともなく、キスをし始めた。しっとりした互いの体が重なり合い、ギュホが俺の上に上がってきた。

――ある？

床にころがっていたギュホのウエストポーチに入っているのは、古くてしわくちゃになった使い捨てのラブジェルが二袋だけ。コンドームは使いきってしまったのか残っていなかった。

——どうしよ。大丈夫かな。

心配そうな顔をしている俺を見て、ギュホはラブジェル二袋を歯でちぎって開封した。

俺たちはセックスをした。つき合って二年にして初めて、コンドームなしでしたセックスだった。

俺は、俺の体を押さえつけるギュホを見て、ギュホの質量を感じた。彼の体温と呼吸、彼の大きくて黒い瞳をひたすら感じた。彼の一部だったあるものが俺に流れてきてそれはすぐに俺になった。

セックスが終わってから目を閉じた。また目を開けたときは周囲が薄暗かった。夕方なのか昼間なのか、早朝なのか、真夜中なのかいつなのかまったくわからなくて、でも雨が降る音は止んでいた。横を見ると眠っているギュホの顔が目の前にあった。俺はそれをずっと見つめていた。鼻の頭についている汗を拭き、天井で相変わらず猛烈に回っているシーリングファンを見て、このまますべて止まってしまえばいいのにと思った。

＊

いつだって、手さえ伸ばせば彼の鼻の頭にふれられるような気がする。

それは俺の錯覚に過ぎなくて、現実の俺の前には、ただむくみまくった俺の手が見えるだけだった。太ったら指や爪までブサイクになった。ところかまわず寝る癖も直さないとなのに。バスルームの外に出てみると早朝四時を少し過ぎていた。この世で一番美しい花火を見るんだと張り切ってたのはどこの誰だったのやら、ハビビは嘘みたいに深く眠っていた。いつから眠っていたのだろう。バスタブにいる俺をそのままにしておくほど酔っぱらっていたのだろうか。もしかしたら一人で花火を見て眠ってしまったのかもしれないが、なぜかそうじゃない気がした。俺は彼の髪の毛をなでてあげてみた。ところどころに白髪がある頭。スタンド照明のもとでさらに深くなった額のしわ。

彼はいったいなぜ俺をここに呼んだのだろうか。部屋に戻ってきたときに誰かに待っていてほしいからだろうか。明かりをつけておいて、部屋を散らかしておいて、聞き取れない言語だとしても、なんでもいいから返事をしてくれる誰かが必要だったから？　出張が多い人だから。空っぽの枕に一人頭をつけて横たわるときの冷たさや、パリッとしているどころか手を切ってしまいそうなくらいシャープなシーツの感触を知っているから？　もしかしたらそれらすべてのせいかもしれない。そういう俺はいったいなぜここにいるのだろう。ほかの誰でもない俺自身の心を一番理解できなくて、床に転がっている彼の割れた携帯をしばらくじっと見ていた。

花火のイベントはあったのかなかったのかわからなかった。うとうとしている間にすべてが過ぎ去ってしまったようだった。いつからか、すべてがぼんやりした日々が続いた。

俺は照明の調度を少し下げたまま部屋の外に出た。ドアを閉めると不思議なことにハビビの顔は思い出せなかった。

＊

元日にギュホと俺は月尾島《ウォルミド》に遊びにいった。俺たちはやたら生地の分厚いアメリカンドッグを食べてから、安全バーが折れそうなほど揺れるバイキングに乗る。競うように大声を出して十秒で声を嗄らしてしまう。遊園地の真横のカラオケボックスで、音程の上がりきらない別れのバラードやひどくハイテンションなアイドルの歌を十曲ほど歌って出てくると、いつのまにか夜が明ける時間だ。俺たちは日の出を見るために海辺のほうへ歩く。ダウンを着ているのに肌寒く、俺はギュホの脇に手をはさみいれる。

——なにすんだよ、クマ吉！

俺は笑って後ろからギュホを抱きしめる。俺たちは一つになったままよたよた歩きだす。海辺に人々が集まっている。猛烈に吹きつける海の風を頰に感じながら、子どものころギュホが暮らしていた場所はこんなんだったのかな、と思う。

防波堤の近くに人々が集まっていたので俺たちもそちらに近づいていく。赤い口紅を塗って髪の毛をアップにした、性格のよさそうな女が人々にランタンとマジックペンを渡している。

俺たちにも畳んであるランタンを一つくれて、願いを書けばふくらませて飛ばしてくれるという。ギュホが俺に静かにつぶやく。

——中国の人みたいだ。

俺はうなずいて、彼女がつけたす。

——中国では旧暦の元日にランタンに願いを書いて飛ばす風習があるんです。

俺たちは地面にランタンを広げて願いを書きだした。ギュホの願いははっきりしているようだ。クマ吉とうさみの永遠の愛、宝くじ当選、宇宙征服……俺は何を書くか悩んでからまずギュホみたいに思いつくままに何でも書いてしまう。

願いを書き終えてからランタンを女に渡す。女がランタンの下の部分の針がねを広げると小さなろうそくみたいなのをつけてくれる。俺はずいぶん前からポケットに残っていたチョコレートを一つ女にやり、女はこの世で悲しいことなど一度も経験したことがない人みたいに明るく笑う。いくつかのランタンが一度に浮かび上がる。俺たちは歓声を挙げて空に向かってゆうゆうとあがっていくランタンを見つめる。誰もが幸せな顔だ。まるで願いが叶ったかのように。

＊

ホテルを出てぶらぶら歩いた。まだ周りは明るくなっていないのに、スーツを着て早朝に出勤する人たちがいる。締め切りを前にしたときの俺の後ろ姿も、あの人たちと似ていたはずだ。空が明るくなる前から会社の前のカフェにスーツ姿で座り、背中を丸めたまましかめっつらで何かを必死に書いては直す男。

雨が降ったのかどこからかほこりの匂いがした。十分ほど歩いてコンビニに入った。腹が減ってたわけじゃないのになんとなく何か買いたくなって、韓国のアイドルの写真のついた海苔スナックと、一本買うと一本おまけしてくれるイチゴ牛乳を二本買った。ビニール袋を片手にさげたままあてもなく歩いた。塀を過ぎると人が一人やっと通れるくらいの狭い路地が現れた。路地にさしかかると、道の真ん中にネズミが通りすぎるのがはっきりと見える下水溝が現れた。下を見ないようにしようとつとめて前を歩いていくが、すぐに道の両隣に鉄製の引き戸が現れた。ガラス窓のついた鉄製の引き戸は、子どものころスーパーや精米所みたいなところでよく見かけたものだった。さらに数歩進むと建物は店ではなく人の住む家々だった。道の両側に立ち並ぶ家々は、防虫網もなく引き戸を開け放ったままで、人々の暮らしが丸見えだった。虫が入ってきそうなのに。突然好奇心がわいて、失礼だと知りながらも家の中をのぞいてみた。人々は俺に気を配る余裕はなさそうだった。洗面器を出して顔を洗う人、その隣で野菜を洗う人、地面に座って機械みたいにずっととうもろこしの皮をむく老人や、鏡台の前に座って夢中で髪の毛を乾かす女。道の行き止まりにある扉を開け放ってある家には、板の間の真ん中に古いマットレスがあった。四、五歳になる子どもが二人、マットレスの上で飛び跳ねていた。ぎしぎしいうスプリングの音が聞こえるたびに、澄んだ目をした猫が体をすくめた。ほこりがたちそうなのに。知らず知らずに俺も足を止めていた。天井に届くはずないのに、子どもたちは天井に向かって手を伸ばして力いっぱいジャンプしていた。ギュホが俺に言った言葉が思い浮かんだ。

——バンバン乗りたいな。

——ポンポンのこと？

——お前んとこじゃ、トランポリンのことポンポンっていうの？

——うん、済州島《チェジュド》じゃバンバンっていうのか？

——みんなそうかはわからないけど、俺のまわりはバンバン。

——あんなにたくさんあったのに、最近は見かけないな。

俺もいつの間にか他人の家の板の間にしゃがみこんでしまった。猫がすみっこに逃げていった。子どもたちが俺の存在に気がついてかけっこをやめた。二人のうち少し小さいほうの子が大きい子の後ろに隠れた。俺はビニール袋を開けてイチゴ牛乳を二本取り出した。一本開けて飲み、残りの一本を子どもたちのほうへ差し出した。子どもたちは俺に近づいてこなかった。俺は笑って地面に瓶を下ろした。子どもたちはこの世で一番不思議なものを見たような表情で牛乳を飲む俺を見守った。牛乳を飲み終えてから、子どもたちにゆうべ花火を見たかと尋ねた。聞き取れなかったようだった。お父さんとお母さんはどこ？　と訊いたみたが、やっぱりなんの返事もなかった。

みんなどこへ行っちゃったんだ？　君たち二人だけ残して。

誰も聞き取れない独り言を言ったら、なぜか鼻先がつんとしてきて、ったく、これだから年取るって嫌だよと思いつつ、涙がこぼれるのを抑えようとして空を仰いだ。ひさしにとどまっていた水が今にも落ちてきそうだった。昨夜雨が降ったのかな。だから花火は中止になったのか？

遅い雨季にも雨は降り、すべてが手遅れになった後も涙は流れる。

＊

ギュホと別れてから、悪夢を見る日が増えた。

夢にはきまってギュホが出てきて、笑って話し、俺を愛してると言う。夢の中でも俺はそれがギュホじゃないとわかっている。近づいて彼が息をするのを聞いて彼の肩を抱いた瞬間、ギュホは消える。砂みたいに散らばり、どす黒い廃水のように降り注ぎ流れ落ちる。だから俺は数歩離れたところでただじっと立っているしかない。彼を見つめ、彼の声を聞きながら、いつまでもこんな時間が続くことを願いながら。

そんな夢を見ると全身汗だくになってる。

最近の俺は毎日少しずつ壊れていっているようだ。俺の記憶の中のギュホと同じように、壊れてちりぢりになっているのはたしかだ。そんな確信からなかなか抜け出せない。

時に彼は、俺にとって愛と同義語でもある。だから俺にとってギュホの存在を証明することは、ギュホという人について語ることは、愛の存在と実体について証明するプロセスでもある。

俺は今まで文章という手段を通じて何度も俺にとってのギュホが、俺たちの関係が、誰も侵せない二人だけの特別な何かだったと、だから、純度百パーセントの本物だと証明したかったのかもしれない。ありとあらゆるやり方でギュホを創造し、なぞり書きし、彼と俺の関係を、俺たちの時間を、そっくりそのまま描いて見せようとしたけど、そうしようとすればするほど、俺の書いたものが、ギュホという存在と当時の俺の感情と離れていってしまうばかりだ。真実とはかけ離れたぼんやりとしたものになってしまう。俺の小説の中の仮想のギュホは、何度も死に、けがをして、完全な愛の形として残っているけれど、現実のギュホは息をしてどんどん自らの人生を歩んでいく。その間隔が広がれば広がるほど俺はすべてに耐えきれなくなる。過ぎ去った時間ひたすら努力してきたものの、結局、俺の体と心と、俺の日常には何も残っていないという事実をこれでもかと思い知らされるだけだった。むなしく意味のない言葉たちが宙をさまよい、ただ文章を書いている俺だけが残る。嫌というほど背中をかがめたまま眉間に深いしわをよせている俺が、俺自身の呼吸だけを聞ける、そんな世界。

＊

あの日俺たちが飛ばしたランタンは高く飛べなかった。防波堤を越えた瞬間ランタンに火がつき、黒い煙を吐き出しながら斜めにゆらゆら上っていくとすぐに海のむこうに落ちてしまった。俺たちを取り巻いていた何人かの人たちがわははと笑った。赤い口紅を塗った女は独特のほがらかな微笑みをたたえ、ランタンのどこかに穴が開いていたのかもしれないと言った。俺は、遠くに飛んでいくほかの人たちのランタンと、黒い海のどこかに沈んでいるであろう俺たちのランタンを交互に見つめていた。しばらくの間。そのうち、人々はみなそれぞれの道を歩いていった。ギュホは俺に背中を向けて遠のいていき、俺はなかなかその場から立ち去ることができなかった。なにもかも消えてしまったというのが信じられなかった。

俺はランタンに書く願いを何度か書き直した。ダイエット、住宅分譲当選、ポルシェ・カイエン、デビュー作が大ヒットしますように……。なんとなくどれも俺の本当の願いじゃない気がして、斜線を引いて消してしまった。おそらくそのときに穴が開いてしまったんだろう。

俺は結局ランタンにひと言だけ残した。

ギュホ。

それが俺の願いだった。

【注】

＊「ジェヒ」に登場する工学部生の携帯メッセージは、
イダのイラストエッセイ『無削除版 イダ プレイ』（ランダムハウスコリア、二〇〇八）より引用した。

＊「遅い雨季のバカンス」に登場するHIV PrEP（Pre-exopsure prophylaxis：曝露前予防内服）と思われる場面は、
"Truvada for PrEP Fact Sheet: Ensuring Safe and Proper Use"（FDA、二〇一二）
"Pre-exposure Prophylaxis (PrEP) for HIV Prevention"（CDC、二〇一四）の内容をもとに書かれた。
このほかにも同一の製剤を「安全でない性関係の後」最長七二時間以内に服用した後、
二四時間ごとに二八日間服用するPEP（Post-exposure prophylaxis，曝露後予防内服）などが
ＨＩＶ感染予防に効果があると証明されたことを記しておく。（諮問：予防医学専門医キム・ウヨン）

＊作品中の地名は事実に基づいているが、そのほかの人物や出来事はすべてフィクションである。

あとがき

早くも二冊目の本になる。

執筆中は気づかなかったのだが、出版にあたり小説をまとめ、修正をしている間、何度も恥ずかしいと感じることがあった。本書のかなりの部分が、自分と周囲の人たちとの「過ぎ去った時間」に基づいているからだ。

当時、僕はずっと、ただひたすら自分自身でありたいと思いながらも、同時に僕が僕であるということを受け入れがたかった。この二つの矛盾した感情のせいで、僕と関わりのある人たちを混乱させたこともあったと思う。だからそんな自分が『大都会の愛し方』なんていう大それたタイトルをつけた本まで出すことに良心が痛まないわけじゃなかったのだが……だからといって、今さらどうしようもないわけで。（決してつき合いやすい相手じゃなかったはずの）僕に、酒をおごり、こころよく自らの人生の一部を差し出し、時には大切な感情までも割いてくれたすべての人たちに、今は別れてしまったけれど、かつては互いに精いっぱいだったその気持ちに、心からありがとうと伝えたい。

本書を執筆しまとめている一年余りの短い間にとても多くのことが変わった。韓国憲法裁判所は堕胎罪を憲法不合致とする決定を下し、これによって今後、堕胎「罪」が処罰されることはなくなる。HIV prEP（曝露前予防内服）のための薬物処方が食品医薬品安全処で承認され、感染リスクが高い人を対象に医療保険が適用されることになった。いつだって半歩遅れで社会を追いかけている作家の立場からすると、この社会がこれほどまでにスピーディーに変化していくのには若干のプレッシャーを感じるが、少なくとも一人の市民として僕は、自分の書いたもののスピードが追いつけないくらいの速さで社会がよりよく変わっていくことがとてもうれしい。

本書に収録された四編の小説の語り手「ヨン」は、すべて同じ存在であると同時に異なる存在でもある。今小説を書いている僕であると同時に、もしかしたら僕とはかけ離れた人物であり、あなたのよく知る誰かでもあれば、苦しくて見て見ぬふりをしたかったあなた自身の姿であるかもしれない。作家である以前に、必死で二〇〇〇年代を駆け抜けてきた一人の青年として、大韓民国という社会を構成する一人の市民として、僕にとってこの問題を書き、語ることは、あまりにも切実だった。

自分のすべてを賭けてもいいくらいに。

小説の中で社会的に多少敏感なテーマを正面から扱ううえで、僕自身もこうしたあらゆる問題から自由ではいられないこと、自分も完全無欠ではないということを忘れずにいようと努力した。それはいくらか勇気のいることだったと言い切れる。

昨年初めての本を出版し、何人かの読者からフィードバックなるものをもらった。その中にはいいことも書いてあれば、そうでないことも、時には耐えがたいような言葉もあったが、中でもとくに記憶に残っているものがある。

「僕らの話を、私の話を、書いてくれてありがとうございます」

自分自身がクィアであったり、心に悩みを抱えていると打ち明ける人たちが、僕に送ってくれたメッセージに込められた言葉だった。普段の僕は、ほんとうは臆病で、不安指数の高い人間なのだが、彼らが送ってくれたメッセージの中にある本心を語っている言葉、そしてそれを僕に伝えるために振り絞ったあらゆる力と勇気が集まって、今の僕を、そしてこの本を完成させてくれた。今どこかで、かがみこんでこの本を読んでいるあなたにも、この数えきれないくらいの勇気とありったけの力が届くように心から願っている。

小説を書いていると（あるいは日常生活でも）、一人でほこりの中をさまよっているような漠然とした気分になることがほとんどなのだが、ときどき、手に何かが触れたような、ぬくもりを感じることがある。僕はそれをあえて愛と呼びたい。愛という感情が、言葉が、どれほどもろいものなのか嫌というほど知っているけれど、それでも、僕はまたこぶしを握りしめたまま、このささやかなぬくもりをぎゅっと抱きしめることしかできない。僕の人生を、世界を、愛しているとしか言いようがない。ただ僕が僕であるために。ありのままの自分でこの人生を生き抜くために。

二〇一九年　夏
愛しの大都会、ソウルにて

パク・サンヨン

訳者あとがき

クィア文学の記念碑的作品

本書は、今、韓国文壇で最も「ヒップな」作家の一人にあげられるパク・サンヨンによる連作小説集『大都会の愛し方』（創批《チャンビ》、二〇一九）の全訳である。

一九八八年生まれのパク・サンヨンは、比較的保守的な土地柄で知られる故郷大邱《テグ》から抜け出すことを夢見て高校卒業後にソウルに上京、大学で仏文学と新聞放送学を学ぶ。その後、雑誌社、広告代理店、コンサルティング会社などで働く傍ら、二十七歳のときに本格的に創作を学び始め、二〇一六年に短編「パリス・ヒルトンを探しています」で文学トンネ新人賞を受賞しデビューした。一八年に「知られざる芸術家の涙とザイトゥーンパスタ」で第九回若い作家賞（翌年、第十一回ホ・ギュン文学作家賞受賞）、翌一九年には本書収録の「メバル一切れ宇宙の味」で第十回若い作家賞大賞を受賞している。

軍隊での同性愛を題材にした衝撃的な前作（『知られざる芸術家の涙とザイトゥーンパスタ』

文学トンネ）のヒットに続き、二冊目となる『大都会の愛し方』も刊行前にイギリスでの翻訳出版契約が決まり、刊行二か月で四万部を売り上げ、その後二十刷を記録するなど、新人作家としては異例といってもいいほどの注目を集めた。

その背景にはまず、韓国で二〇一六年に起きた江南《カンナム》駅女性殺人事件をきっかけに、リブートフェミニズム運動が起こり、チョ・ナムジュ著『82年生まれ、キム・ジヨン』（斎藤真理子訳、筑摩書房）に代表されるフェミニズム文学が注目されるようになった点があげられる。この流れに伴うようにしてキム・ヘジン著『娘について』（古川綾子訳、亜紀書房）をはじめとする性的マイノリティーを描いたクィア文学、チョン・ソヨン著『となりのヨンヒさん』（吉川凪訳、集英社）などの、これまで韓国文壇ではジャンル文学と呼ばれ肩身の狭い思いをしてきたSF文学が、韓国文学の新たな境地を開くカテゴリとして広く認識されるようになった。フェミニズム、クィア、SF、これらはそれぞれ個々に存在するのではなく、相互に交流しあい、今、ここにある韓国の若者たちの肖像を見せてくれている。韓国文学界がこうした新たな変化を認識し、多様性を求め出したところへパク・サンヨンが登場した。時代とニーズ、作家としてパク・サンヨンが追い求める方向性がうまくかみあった瞬間だった。

そして、そのユーモラスで饒舌な独白に、自分の話が書いてあると感じる二十代、三十代の若い読者たちの共感がいっきに広がった。従来の韓国文学におけるクィアが、当事者の生きづらさや悲しみが主軸だったとすれば、パク・サンヨンの描く世界は、露骨で赤裸々な恋愛、切ない別れ、就職難や挫折と諦め、親世代や保守勢力との葛藤、宗教による差別や断絶、妊娠中絶、HIVなど、現在の社会問題を真正面から取り入れ、そこで生きるクィアたちを軽やかに、自嘲気味に笑い飛ばした。文壇からも、クィア文学の限界を乗り越えた記念碑的作品、マイノリティー文学の大衆化に成功したと評され、パク・サンヨンは名実ともに二〇一〇年代の若者文化を、そしてすでに二〇二〇年代の韓国文学を代表する作家と言われている。

作品で語りたい

「人は必然的に失敗を経験する存在である」と語るパク・サンヨンは、さまざまな仕事を経験しながらもそのどれにも馴染むことができなかったという。社会に適応できず恋愛も友人関係もうまくいかない失敗だらけの二十代の経験が自分に小説を書かせてくれた。

悲しいときに悲しいと言うのはカッコ悪い。自分は悲しいときに笑うタイプだというパク・サンヨンは、二十歳のころ、自殺願望が強く長期間にわたって心理カウンセリングを受けていた。自己憐憫を避けようとするあまり精神的にぎりぎりまでいっていた状況が改善してきたころから小説を書き始めた。他人の視線を通じて自分が何を考えているのかに気づけるという点では、小説を書く過程はカウンセリング治療を受ける過程に似ていた。

小説の勉強会で互いの作品を評価しあう過程もしかりで、書けば書くほど自分についての理解が少しずつ深まった。

二〇一六年のデビュー作は異性愛の物語だった。世間からどのように呼ばれるかなど考えたこともなかったし、「クィア文学を書いているというたいそうな自意識もなかった」という。ただ自分が書ける話を多様な人物を通じて描いてみたかった。ところが気がつけば、カミングアウト第一号作家としても知られるキム・ボンゴンとともに、クィア作家の代表と呼ばれるようになっていた。

急速に認知度が高まるにつれ、他者が勝手に規定する自分の姿を見過ごすわけにはいかない場面も増えてきた。カミングアウトしたことのないパク・サンヨンを、ある評論家は解説文で「キム・ボンゴンと並んでゲイ作家のパク・サンヨン」と書き、また別のベテラン評論家は座談会で「カミングアウトしたパク・サンヨン」と発言した。

ほかの小説と同じようにただの人物を描いているだけなのに過剰に分析され、意味づけされ、ひいては自分が発表していないアイデンティティーまで公表された。ほかの文学作品には求めない当事者性をクィア文学にだけ適用して決めつけようとするのはなぜなのか。誰であっても、他者が別の個人のアイデンティティーを公表するようなことは一つの暴力になりうるとして、パク・サンヨンは記事の訂正と媒体の回収措置を求めた。「自分は作品で語りたい。作品が著者よりも前に出ていてほしい」。小説を通じて世界と対話したいと願っているのに、実際は小説のせいで世界を相手に毎日戦ってばかりという現実が、今も続いている。

明るいさみしさ

ここでタイトルについても言及しておきたい。小説にはソウルの梨泰院《イテウォン》、大学路《テハンノ》、鍾路《チョンノ》や、済州島《チェジュド》、仁川《インチョン》、上海、バンコク、東京といったさまざまな都市や地域が登場する。マイノリティー的要素をもっている人にとっては、大都会は匿名のまま隠れられる空間であり、限りなく自分らしく生きていける場所でもある。また裏を返せば、簡単に一人になれるぶん、孤独に陥りやすい面もある。こうした大都会のもつ都市性とマイノリティーのライフスタイルは密接に関係していて、大都会だからこそ、匿名という名のもとで自由な自分を手に入れられる。ソウル、上海、バンコク、東京、比較的クィアにとって寛大な大都会、そこでだけは本当は不自由な自由を満喫できているように見える「俺」たち。パク・サンヨンはその中で繰り広げられるさまざまな愛の形を描きたかったと語る。

さまざまな場所で多彩に光を放って連なる四つの物語。いつまでも弘大《ホンデ》で一緒に飲み明かせると思っていたジェヒ、狎鴎亭《アックジョン》育ちで学生運動出身の兄貴、疾病が足かせとなりなかなか空港から先にはすすめない俺、小さな島から大都市へと羽ばたいていくギュホ。パク・サンヨンの大都会の愛し方とは、おそらく空間に伴う感情と出会った人との瞬間を克明に記録することであったのかもしれない。

このほど、パク・サンヨンは初長編となる、十代の恋と苦悩を描いたクィア小説「一次元になりたい」の連載を終えたばかりだ。この作品を書くために前作二冊を書かなければならなかったのかもしれないと語るほど、自分自身を深く見つめた作品になっている。クィア文学が「特別な題材」ではなくなったらほかの話を書くつもりだという作家の言葉に、クィア文学というカテゴリそのものが不必要になる日がくることを願わずにはいられない。

前向きになるほかない悲しみを知る作家、パク・サンヨン。パク・サンヨンだから語れる明るいさみしさがどこかの誰かの力になる限り、それまでは、俺が書かずに誰が書く。

若き未完の作家のこれからに期待したい。

このたび翻訳の機会を与えていただき、常に的確なサポートで伴走してくださった亜紀書房の斉藤典貴さんにこの場を借りて心より御礼申し上げます。訳文チェックでお世話になったすんみさん、平野嘉智さん、田中亜希子さんにも、記して感謝申し上げます。

二〇二〇年　秋

ソウルにて

オ・ヨンア

著者について

パク・サンヨン（朴相映）

1988年、韓国・大邱（テグ）生まれ。2016年「パリス・ヒルトンを探してます」で文学トンネ新人賞を受賞し作家活動を始める。「メバル一切れ宇宙の味」（本書収録）で2019年若い作家賞大賞を受賞するなど、早くも2020年代を代表する新しい韓国文学の"顔"、最も将来が期待される作家の一人と位置づけられている。著書に短編集『知られざる芸術家の涙とザイトゥーンパスタ』（第11回ホ・ギュン文学作家賞受賞、2018年）。エッセイ集『今夜は食べずに寝よう』（2020年）がある。

訳者について

オ・ヨンア（呉永雅）

翻訳家。在日コリアン三世。慶應義塾大学卒業。梨花女子大通訳翻訳大学院博士課程修了。2007年、第7回韓国文学翻訳新人賞受賞。梨花女子大通訳翻訳大学院講師、韓国文学翻訳院翻訳アカデミー教授。訳書にウン・ヒギョン『美しさが僕をさげすむ』、キム・ヨンス『世界の果て、彼女』、チョ・ギョンナン『風船を買った』（以上クオン）、イ・ラン『悲しくてかっこいい人』（リトルモア）、ハ・テワン『すべての瞬間が君だった』（マガジンハウス）がある。

となりの国のものがたり 07

大都会の愛し方

2020年11月22日　第1版第1刷発行

著者　パク・サンヨン
訳者　オ・ヨンア

発行者　株式会社亜紀書房
〒101-0051 東京都千代田区神田神保町1-32
TEL　03-5280-0261（代表）　03-5280-0269（編集）
http://www.akishobo.com
振替　00100-9-144037

印刷・製本　株式会社トライ
http://www.try-sky.com

Printed in Japan
ISBN 978-4-7505-1673-8　C0097